刘墉家书：

做个快乐读书人

[美] 刘墉 著

天津出版传媒集团
天津人民出版社

图书在版编目（CIP）数据

刘墉家书：做个快乐读书人 /（美）刘墉著．-- 天津：天津人民出版社，2020.6
ISBN 978-7-201-15938-6

Ⅰ．①刘… Ⅱ．①刘… Ⅲ．①散文集 – 美国 – 现代
Ⅳ．① I712.65

中国版本图书馆 CIP 数据核字 (2020) 第 077110 号

《做个快乐读书人》，经刘墉授权在中国大陆地区独家出版发行。

著作权合同登记号：图字 02–2020–45

刘墉家书：做个快乐读书人
LIU YONG JIA SHU : ZUO GE KUAI LE DU SHU REN
刘墉 著

出　　版　天津人民出版社
出 版 人　刘　庆
地　　址　天津市和平区西康路 35 号康岳大厦
邮政编码　300051
邮购电话　（022）23332469
网　　址　http://www.tjrmcbs.com
电子信箱　reader@tjrmcbs.com

责任编辑　岳　勇
特邀编辑　张素梅
封面设计　吴黛君

制版印刷　大厂回族自治县德诚印务有限公司
经　　销　新华书店
开　　本　620 × 889 毫米　1/16
印　　张　13
字　　数　41 千字
版次印次　2020 年 6 月第 1 版　2020 年 6 月第 1 次印刷
定　　价　59.00 元

这本书不单是写给我女儿的，

也是写给每位师长和孩子的。

愿我们的孩子——

都能快快乐乐地上学，

快快乐乐地读书，

快快乐乐地回家，

快快乐乐地睡觉，

快快乐乐地长大……

前　言

做个快乐读书人

自从十年前生了女儿，朋友们就不断问我同一个问题："你会用当年教育儿子《超越自己》《创造自己》《肯定自己》的方法教你女儿吗？"

每次他们问，我的答案都一样：

"不会！""不会！""不会！"

"为什么？你偏心！"他们必定这样反应。

我则会很肯定地说：

"因为时代、环境以及我自己都跟当年不一样了。"

可不是吗？

当我儿子出生的时候，我才进入社会，每天张牙舞爪地出外打拼，回家当然对儿子的要求严；但是今天，我已经半百，动作和缓了，心情平静了，处世圆融了，因为自己逐渐往老走去，对生命也更为尊重了，当然对孩子的态度也会不同。

这十年来，我的儿子由史岱文森高中进入哈佛大学，且成为博士候选人。虽然事实似乎证明我的教育成功，但是专攻心理学的儿子，也已经能从客观的角度批评我的教育方法。

他会说："其实小时候我什么都懂，也知道该做什么，但我就是不动，等着你们催我，反正到时候，你们就会催了嘛！"

他也对我说，他们做实验，拿许多油盐酱醋糖给幼儿，幼儿东尝尝、西尝尝，有时候吃到难吃的，立刻大声哭起来，但是你会发现，如果那种营养是他必需的，他即使不爱，等一下还是会吃。由此可知，人天生知道自己需要什么、该怎么做。

也因此，我对这晚来的女儿，有了完全不同的教育方法，我从来不体罚她，绝少骂她，甚至从来不逼她做功课、弹琴。

我认为人就是人，人有一种天生向上的本能。我要做个实验，看看如果我完全不逼她，她是不是一样知道每天把功课做好。

过去教儿子，我要他样样拿第一，现在却对女儿说："让别人享受一下拿第一的感觉，不是很好吗？"因为我希望她在争强斗胜中，也能有宽阔的胸怀。

过去儿子学校的家长会，我很少去，认为自己的教育方法最好。但是现在女儿有家长会，我一定出席，因为我要吸取西方的教育观念。

我甚至做过一些从传统角度看，非常不对的事——

我居然在孩子上课期间，为女儿请假，带她去迪斯尼乐园，理由是"非假期，人比较少"。

谁能想到当我怯怯地向老师请假时，那老师居然笑道：

"她的功课很好，请几天假当然没问题，而且一家人去迪斯尼的经验是难得的。"

说实话，带女儿的这十年间，我比以前轻松多了，不曾有过一次冒火的记录。而事实证明，她过得很好、很快乐、很健康也很成功。

正因为女儿不像儿子以前有那么多问题，父女也没什么争执，所以我本来没有计划为女儿写本书，我觉得她就是这样自自然然地长大，我好像“无为而治”，又何必写什么呢？

只是，自从我近几年在台北办了青少年免费咨商中心之后，又觉得有许多感慨，使我不得不动手写成这本书。

我在台北的邻居有个小女儿。前几年总在电梯里遇见做妈妈的拉着女儿冲进冲出，说是刚上完儿童画和钢琴，又要去补习珠算。

我没听过那小女孩打算盘的声音，也没见过她的画，倒是常聆赏她的琴音，使我想起纽约的女儿。

只是去年九月之后，就再也听不见她弹琴了。倒是七点不到，就听见关门的声音，据说是去学校早自习；晚上，有时候我下班很晚，回家，看到一个小小的黑影走在前面，比我的背还弓，原来她刚补习完。

不只我台北的邻居，连大陆的中学生都写信给我，说他们只见得到“三光”，在星光里上学，在灯光下读书，在月光下回家。

有时候我也好奇，找些台湾小朋友的课本来看，发现教科书都编得好极了。譬如算术，不再只是背公式，而是由数学的概念开始，教孩子数豆子、切方块，真正学好“活数学”。

只是当我看那些家长大呼小叫地教孩子时，又吓出一身汗。他们居然把自己小时候死板的公式，又强加给孩子，大吼着：“不用管！你这样套进去就成了。”

而当我表示意见的时候，那家长则理直气壮地说：

“最重要是考上好学校，管他怎么做，答案对，就成了！”

谈到考学校，至今我还会梦到三十多年前的大专联考，浑身大汗地由梦中惊醒。

“考”，对我们这一代有了多大的伤害？

老同学聚会，一个个都少了头发、多了毛病，大家都说我们似乎远不如上一代健康。

可不是吗？李远哲说他当年虽然躲轰炸跑到郊外，却觉得好快乐。我们上一代虽然在战乱中成长，但是也躲过了“灯光与教鞭下，长期无休止的高压”。

但是三四十年前高压，还有话说。现在早施行了九年义务教育，接着台湾地区高中联考也将废除；大学有了甄试，甄试不上，联考的录取率也远高于过去。加上一个事实——大学愈来愈多，留学愈来愈容易，而且我们的“生育率”比法国都低了。

只怕再过几年，大学得到外面请学生入学。

明明眼前一片光明，师长们为什么还要那样逼孩子呢？

记得我小时候，有一次看电影，因为前几排有人坐在垫了书本的座椅上，中间就有人坐到椅背上，最后面的人则不得不站在“把手”上。

我眼前常浮起那一幕，心想，这社会不就如此吗？他的孩子补习了，你的孩子就不能不补，否则补得多的当然考得好；相对的，你的孩子就被“比”下来。

只是，到头来有谁能好好看一场电影？又有哪个孩子能真正享有他美好的童年？

每次我的儿子回台湾，我看他与当地大学的精英聊天，都暗想，我的儿子虽然在史岱文森辛苦，但比起台湾的学生还是轻松，难道我儿子的学问会远远及不上台湾地区的学生吗？

人的一生只能年轻一次。过去，就再也拾不回了。

甚至可以说，人在少年时受到恶补的伤害，会影响一生，把那伤害又强加在他自己孩子的身上，再剥夺孩子的少年岁月，而且不自知。

“十年寒窗无人问，一举成名天下知。”苦难的中国，把这两句名言，也化作苦难。即使窗已不再寒，为学也不再只为金榜题名，还是让我们的下一代背着，走入二十一世纪。

在这许多愤慨中，我一方面盼望台湾地区教育单位遏止补习，呼吁有钱人输资兴学。更要呼吁老师、家长，让我们的孩子享有一个快乐的童年吧！我们自己已经失去了，别让他们再失去！

因此，我写了这本书，表面看，它只是给我女儿的一封封信。但实际谈的是美、是爱、是公义、是关怀、是开阔……童年是一双双好奇的眼睛，我们应该为孩子早早打开一扇扇窗，让他看看外面美好的世界啊！

这本书写得非常平实而生活，没什么专有名词，所以即使不加注音，也能让十岁的孩子看懂。我衷心盼望它不但能点亮十岁到二十岁年轻人的心，也能传达给父母师长一些重要的观念。

我的女儿叫小帆，如我一样，她也很平凡，我希望她扬帆万里，快意乘风，更盼望透过这些平凡的文章，对每位小朋友说：

“你们都好幸运，生在今天这个富裕的时代。祝你们不忧不惧，做个快乐读书人！”

目 录

刘墉家书

说到心灵的深处

很多年轻人都有这样的毛病——他说了，也不管别人听到没有；他打了电话，也不管有没有拨通；他读了书，也不管是不是读进去了。

每次爸爸喷水浇菜的时候，你都喜欢在旁边跑来跑去，尖声叫着从我的“水幕”底下奔过，这种游戏是你从两三岁就喜欢的，大概因为从喷出的水柱下面跑过，清凉，又带有几分刺激吧！

但是今天爸爸特别把你叫住，将喷水的“龙头”交到你手上，要你为菜园浇灌。

你调整喷头，做成一片水幕，对着黄瓜、丝瓜和西红柿喷。水珠落在大大的瓜叶上，发出啪啪的下雨的声音，向晚的斜阳射过来，又在水幕上化作一道彩虹，美极了！

喷了一阵，看叶子上都闪着水珠，你把喷头关掉，说：“喷够了！”

这时爸爸带你走到瓜藤下面，指着泥土问你：“真的够了吗？”

你说："当然够了！"但是当爸爸用铲子铲开一小块泥土的时候，你才发现虽然最表面一层泥是湿的，下面居然干巴巴，一点水也没有。

于是爸爸搂着你说：

"现在你知道了？喷水不能只喷叶子、只喷表面，你必须一次又一次喷，看泥土把前一次喷的水吸下去了，再接着喷一次，这样许多次之后，泥土才能真正被滋润。"

爸爸也对你说：

"以前爸爸刚学种菜，菜老是长不好，后来才发现因为喷水器喷出的都是小水珠，很容易让表面看来是湿的。那时像你一样没经验，就不喷了。蔬菜缺了水分，当然长不好。"

你知道爸爸为什么要说这些给你听吗？

因为今天下午秦妈妈送你一条小项链，你要爸爸为你挂上。

挂好之后，爸爸说："去谢谢秦妈妈。"

你过去说了一声："Thank you！"

当时，秦妈妈正跟你妈妈说话，你在她背后说那么一句，你有没有发现她当时没反应、没听到？

不错！你确实可以告诉自己也告诉爸爸，你说过谢谢了。但是秦妈妈没听到，你说不也等于白说？这跟刚才喷水，只喷表面，没什么效果的道理不是很像吗？

以前你哥哥也有这个毛病。

记得有一次他很晚没回家，我们一家都急死了。后来责问他为什么不打个电话回来。

他说他打了，只是当时占线。

爸爸就骂他："难道拨一次不通，不能再拨一次吗？难道父母的关怀只关怀一次，就不会关怀第二次吗？"

其实很多年轻人都有这样的毛病——他说了，也不管别人听到没有；他打了电话，也不管有没有拨通；他读了书，也不管是不是读进去了。

这些不都是骗自己吗？

甚至大人也有这种不能面对现实的毛病。

我以前有个秘书，每次我叫她帮我打电话办事，她如果拨一次，对方不在，就再也不拨了。

假使我问："找到了没有？"

她一定理直气壮地说："我打了电话，可是对方不在。"

如果我再问一句："你几点钟打的？"她可能回答是四五个小时之前。

假使是你，你会不会问："你为什么不再打几次电话问一问呢？"

要知道，这世界上真正能成功的人，不见得是最聪明的，也不见得是学历最高的，而是最能面对问题、锲而不舍的人。

爸爸以前有个同学，追班上一个女生。这男生很不会说话，他开门见山就对女生讲"我爱你"。

那女生根本看不上他，回说："我没听到。"

男生就又说了一遍。

哪想到女生装聋，充耳未闻，只当他没说。

你猜，他追到那女生了吗？

他居然追到了。

因为接下来的两年，他每天都找机会，对那女生说一遍“我爱你”！

向爸爸邀稿的人也一样。有些人打电话邀稿，爸爸推说“对不起，没空，实在写不出来”或“最近身体不好”，他们就再也不来电话了。

但是也有些人，硬是不死心。隔两天就打电话来，“您最近有空了吗？”“身体好些了吗？”

有时候，来三次电话，爸爸说三次“No”！

第四次，却答应了。

其实爸爸心里常常在挂上第三次电话时，已经做了决定——

如果他还不死心，再打一次电话来，就想办法给他吧！

这不就像挖井，一万铲都不出水，只是再多下那一铲，水就冒出来了吗？

可爱的孩子！

你就要成为少女了，也就要一步步走得更远了。

你未来可能去找人作访问，去找老师写推荐信，去找个理想的工作。

当然，你在未来更会说千百万个“谢谢”！

记住！当你跟对方说话的时候，一定要看着他，把话说清楚，说到他听见了，也说到他的心坎上。

当事情不成的时候，你可以再试一次，一次又一次。就像我们喷水一样——让那小小的水珠，由表面慢慢渗下去，渗到泥土的深处。

使你的美梦成真

什么叫作天才？天才实际决定在个性。谁坚持得久，谁就是天才；谁自己要强，谁就是天才！

从跌倒的地方站起来飞扬！这是关颖珊扮成花木兰的英姿。

“我看到她了！我看到她了！”

今天下午，你在纳苏体育馆指着场外的一角喊。

接着扩音器播出主持人的介绍，场内响起如雷的掌声，关颖珊已经轻快地滑入溜冰场。

她今天采用的音乐也是大家熟悉的，才奏出几个音符，场内就轰起一片高呼“木兰（Mulan）”。

关颖珊打扮得也像木兰，红色的上衣、黑色的短裙、朱色的水袖、白色的溜冰鞋，当她在空中做出三转跳的时候，真让人想起电影里花木兰的英姿。

她的速度真是快极了，唰的一声就从我们眼前掠过；她的两只手那么优美地摆动着，甚至让人觉得伴奏的音符正由她的指尖流泻出来。

妈妈叫你注意关颖珊双臂的高度，说："你看，她的双手能举得多么高！不像你，垂着，好像小鸡的两只翅膀。还有，她的每个动作都是那么连贯，好像串在一起，完全分不开。"

当然我们都知道这是非常困难的，即使世界溜冰大赛的一流选手，都常常给人一种"他们只是努力去做好每个指定动作"的感觉。尤其在最困难的三转跳之前，多半的选手都露出一副严阵以待的样子，不像今天见到的关颖珊，整个节目仿佛一气呵成。

但是你记得吗？就在去年，关颖珊也遇到了瓶颈，顶着全美和世界溜冰冠军的头衔，她的心情变得非常沉重。

我们不再见到她轻松的笑容，反而看到她上场前紧绷的肌肉，听教练的安抚和低头祈祷的画面。她甚至对记者说，虽然她练习三转跳已经无数次了，没有一次失误，但是比赛前，她还是觉得心里不踏实。

果然，她摔倒了，一次又一次。把才得一年的冠军头衔都摔掉了。取代她得到第一名的，居然是比关颖珊还小两岁的李萍丝姬。而李萍丝姬，在一年前还只拿到世界溜冰大赛的第十五名，怪不得她说"不敢相信自己的美梦成真"！

其实，今天在场边，哪个孩子不是在希望自己的美梦成真？

有些人的美梦是希望能见到关颖珊，有些人的美梦是希望有一天能跟关颖珊一样。爸爸听得出来，四周坐的小朋友，个个都会溜冰，他们能喊出每个动作的术语，他们的尖叫，把爸爸的耳朵都要震聋了，包括你在内。

因为关颖珊是你们的“偶像”，对不对？

什么是偶像？

偶像是你崇拜的对象；偶像是你模仿的标的；偶像是当你还在梦想，他却已经实现的人。

但你有没有想过一个偶像的形成，需要多少汗水与泪水？

你知道关颖珊从五岁开始学溜冰，除了出水痘，不得不休养，从来不会两天以上不练习吗？

你知道她每天天不亮就起床，去冰场苦练。因为比赛耽误了功课，特别请了三位家教，每天下午三点补习到七点，还要花两个小时做功课吗？

你知道她没时间看电视，没时间交男朋友，甚至为了控制体重，一个月只能吃一块巧克力吗？

你又知道，当她去年陷入低潮，一上场就紧张，一紧张就摔倒，那阵子，她遭受了多大的内心挣扎吗？

所以当你看她今天在如雷的掌声中，做出一个又一个优美的动作，甚至全场起立为她喝彩的时候，不要忘记——

那些都是她付出血汗的成果，这世界上，没有一个成功是偶然的。

你妈妈说得好——

在溜冰场上，可以看见一堆强力的父母。他们每天起早睡晚，开车带着孩子到各地的溜冰场练习、比赛。为了追随名教练，教练走到哪里，就跟到哪里。

那些父母穿着厚厚的大衣，守在溜冰场旁边，常常对着场子里的孩子大呼小叫，有时候孩子要休息了，父母还把孩子赶回场子。

“但是，”你妈妈又说，“如果孩子心里不想溜，你再逼也没有用。所以，什么叫作天才？天才实际决定在个性。谁坚持得久，谁就是天才；谁自己要强，谁就是天才！”

关颖珊不是也说过吗——

“溜冰必须去感觉音乐，触动其中的情感，从你内心发出来，而不只是注意外表。”

关颖珊今天在“友谊杯溜冰大赛”里又得了冠军。

爸爸猜，她不知道今年能得到多少冠军。因为据说她过去在半年当中，就能巡回各地，参加六十五场演出。

相信每一场，都会有像你一样的小朋友，坐在场边，鼓掌、尖叫、献花。

然后再在父母的带领下，到他们自己的溜冰场去练习。一边练，一边想着关颖珊，一边梦想有一天自己能成为第二个关颖珊。

于是爸爸突然了解，为什么关颖珊在美国受欢迎的程度，远远超过在奥运赢了她的李萍丝姬。

因为关颖珊在电视转播里，比李萍丝姬摔得多。

她摔倒了，又爬起来；再摔倒，再爬起来。当李萍丝姬已经转入比较轻松的职业冰坛时，关颖珊还坚持一站又一站地参加比赛。

亲爱的小女儿！

你今天终于见到了关颖珊，从她身上，你学到了什么？

刘墉家书

今夜会不会是最后一眼

如果你希望爸爸妈妈也能活到很老很老，你就要用你爱奶奶、公公和婆婆的行动，来证明——让爸爸妈妈知道，即使有一天我们老得不能动、老得会尿裤子，你还是会爱我们、照顾我们。

今天傍晚，我们在院子里玩飞盘，奶奶坐在旁边看。

突然，妈妈叫大家吃饭。

你把飞盘一扔，就冲向屋里，奶奶则拄着拐杖跟在后面。我大声把你叫住：“给奶奶拉着门！”

又要你站出来，站在外面，把门拉得大大的，等奶奶走进去。

你嘟着嘴说肚子好饿，又怪奶奶走得太慢，让蚊子都飞进去了。

我则对你说：“奶奶九十一岁了，她能自己走，已经很不简单了。”

可不是吗？这世界上有几个人能活到九十一岁？

你前几天不是还抱着你妈妈掉眼泪，说等你到了妈妈爸爸这么大，妈妈爸爸都要九十了。又说：“九十岁，好多人都死了。”

那时妈妈对你说："谁让妈妈这么晚才生你呢？所以爸爸妈妈都要好好保养，活到九十岁，陪着你。"

现在，你想想！奶奶不是也很老才生爸爸，爸爸不是好幸运，能有你奶奶陪到现在吗？

同样的，如果爸爸妈妈都活到九十岁，而且跟你一起住，你的小孩会不会嫌爸爸妈妈太老、太慢呢？如果他们嫌，你会不会说他们？

这就是今天爸爸说你的原因了。

中国人常讲"家有一老，如有一宝"。意思是家里能有个老人，就好像有了一个宝贝，因为他们能帮许多忙。

其实你小时候，就是由婆婆和奶奶带的。那时候妈妈上班，每天一早，婆婆就和奶奶把你的小床从我们的卧室推到客厅里。在那儿看着你玩耍、喂你吃东西。

只是这些你都不可能记得，这世界上许多小朋友不喜欢爷爷奶奶、公公婆婆，觉得老人家是累赘，都因为当那些小朋友被老人照顾的时候，他们还太小，记不得。

相反地，当小朋友懂事的时候，爷爷奶奶又已经太老，于是惹得儿孙讨厌。

这些老人不是太可怜了吗？

记得前年，我们带着将近九十、八十、七十的奶奶、公公和婆婆，一起到巴哈马玩的时候，你哥哥就曾经抱怨，说去那种年轻人玩的地方，带老人家，真煞风景。他甚至等大家回船之后，又一个人跑出去逛。

可是，你有没有看到，昨天哥哥特别跑进奶奶房间，把奶奶该洗的衣服都掏了出来，抱到地下室去洗？

你又有没有注意到，奶奶一边骂哥哥，说哥哥嫌她老了、臭了，一方面又显得好高兴？

老人就是这个样子。

你希望爸爸妈妈抱抱，因为拥抱使你有安全感。

老人也希望被抱抱，因为他们老了、弱了，也需要安全感。

你会撒娇，他们也会撒娇，目的是吸引人注意。

当他们知道年轻人注意他们、照顾他们的时候，也会特别高兴。

或许有一天，你会跟你美国同学一样，说该把奶奶、公公和婆婆送进老人院，由政府照顾，免得一家人的幸福都被拖累。

但是你也可以这么想——当别人留不住老人的时候，我们能留住他们，照顾他们，真是我们的光荣。表示我们有“爱心”，也有“能力”照顾他们。

如果不是一家团结、和乐，又有爱心，怎么能照顾得了风烛残年的老人呢？

“风烛残年”这个中国成语，你大概没听过，它的意思是“老人就好像蜡烛的小火苗，在风里，随时都会熄灭”。

奶奶不正是这样吗？你不要以为她还能跟你有说有笑，甚至玩“躲猫猫”，她就能永远这样。

你很可能发现哪一天，救护车来，抬走了奶奶，你就永远见不到她了。

你有没有发现，当奶奶早早去睡觉，晚上九点多听见你弹琴。她还会起来看看你？

看着她满头白发，身上带着尿臊味，慢慢地蹭到你的钢琴前面，你好几次说她吓到你，又嫌她打扰。

但是你再想想，会不会因为奶奶心里知道，随时可能一睡不起，而希望多看你一眼呢？

她每次看你，都可能是最后一次看你，也可能是你最后一次看她啊！

孩子！你要知道：

没有奶奶、公公和婆婆，就没有爸爸和妈妈。

爸爸妈妈小时候，跟你一样，希望他们能活得长长的，陪我们。

如果你希望爸爸妈妈也能活到很老很老，你就要用你爱奶奶、公公和婆婆的行动来证明——让爸爸妈妈知道，即使有一天我们老得不能动、老得会尿裤子，你还是会爱我们、照顾我们。

而且，你会教你自己的小孩爱我们，如同爸爸现在教你要爱奶奶、公公和婆婆一样。

让爱在那里显现

当医生宣布她已经聋了的时候，她转身，看她妈妈。她妈妈一句话也没说，只是看着她，张开双臂。

今天下午，我们去机场送陈彦君。

当爸爸带她进入机场大厦，你在车上对她挥手的时候，我看到你眼睛里闪着泪光。

正如你回程时说的——陈姐姐来，真是太好了。

她教你找出存在电脑里的资料，教你折纸鹤，教你用她的傻瓜相机拍照，还跟你玩了许多台湾小朋友玩的游戏。

最重要的是，她教你怎么和残障人相处。

记得吗？一个礼拜前，当我说有个“听障”的大姐姐要来我们家的时候，你紧张兮兮地问：“我要怎么跟她说话？她会不会好奇怪？”

然后她进门了，送你一只在加拿大买的玩具熊；掀开她的头发，给你看她那长长的伤疤，告诉你有个电脑感应器藏在她的头皮下。

接着她又从胸前挂的口袋里掏出小机器，上面亮着红灯，说她可以选择二十个频道，听外面的声音，好像电影里的“机器战警”的时候，你们都笑了。

你发现原来只要让她看着你的嘴，慢慢说话，她都能听得到。虽然有时候会把话“听拧了”，但是她能马上用幽默化解。

像是她说，有一次高中同学对她讲“佩珍每年发情一次”，她吓一跳，说：“佩珍那么端庄，怎么会像动物一样每年发情呢？”

同学笑死了，说：“你听错了，我是说佩珍每天反省一次。”

也就因为她先用幽默的方法，把她的“问题”告诉了我们，所以大家格外小心地说话，一发现她听错了，赶快换个方式说。

渐渐地，我们找出了最好的沟通方法，几乎样样都能跟她讨论了。

当爸爸听到你们在楼上有说有笑，还一起唱歌的时候，真是感慨万千。因为爸爸想到几年前，第一次见到她的时候，她总是摇头，说没听清楚，要我再说一遍。

隔一阵，她再来，我得把声音放得非常大而低沉，她才能听得到。

再过不久，我们已经不得不改为“笔谈”。

爸爸永远不会忘记，那时她坐在我对面擦眼泪的画面。

一个青春年华、正念高中的女孩，在短短的时间里，突然听不见了，她怎能不伤心？

爸爸也永远不会忘记，她说，当她对同学讲，她因为听不见、跟不上而不得不休学的时候，她班上的同学立刻都哭了出来。

我的眼前浮起一个画面——一群天真的女孩子，围着她，掉眼泪。

这世上有什么友情，比那泪水更真的呢？

我也记得彦君在给我看的一篇作文里说，当医生宣布她已经聋了的时候，她转身，看她妈妈。

她妈妈一句话也没说，只是看着她，张开双臂。

于是，她扑进妈妈的怀里，母女相拥而泣。

我还记得当她错过残障生甄选时的沮丧，我也记得后来在中山女高的奔走下，她终于得到再一次甄选的机会并考取辅大时的快乐。

所以当我听见你们嬉笑的声音时，心中想到的竟然是彦君姐姐的父母、师长及同学。

是他们的爱，帮助她度过最艰苦的岁月。

在台湾有位残障的刘侠阿姨说得好——

“上帝创造了有缺陷的人，让人间的爱能在那里显现。”

爸爸也曾经在书里说过——

“上帝的不公平，让我们用人间的爱来填平。”

看看！彦君姐姐不是活在大家的爱里面吗？

她在电脑网络上认识了加拿大的一个学生，那人就邀请她去加拿大玩。

于是，她上了飞机，去了多伦多，去了魁北克，去了尼加拉瓜瀑布，再应我们邀请，来纽约，看了大都会美术馆、世贸大楼、自由女神，还上了帝国大厦的顶楼……

她的世界不但没有因为残障而变小，反而变得更大了！

相同的，她的内心世界也变得非常宽广。

自从听不见，她的观察变得更敏锐，文笔也更为深入。她写一家人去阳明山喝茶，才一下下时间，从屋里走出来，觉得山边的小草又变长了；她写夕阳下的云，怎么流，怎么滚，好像能滚出一种云的声音。

高三那年，她的两千字文章，已经在联合报发表，而且写得生动感人，我特别告诉她："你写得比我好。"

所以当她度过那段突然失聪的痛苦之后，甚至拒绝接受"电子耳"的手术，她说："这个世界的声音我都听过了，我把爸爸、妈妈以及所有深爱的人的声音藏在心中，现在我不懂自己还有什么理由要重新听到。"

直到有一位护士对她说：

"彦君，你还没听过自己小孩叫妈妈吧？如果不开刀，你可能永远都无法了解那份感动与喜悦。"

她才决定接受手术！

爸爸今天在机场，为她办了报到手续，航空公司特别在登机

戴着电子耳的陈彦君，一个人去了加拿大，又飞到了纽约，在第五街的街头，她笑得多开心。

证上注明她是“听障”，又给我一个通行证，使爸爸能送她到登机门。

一路上，每一关，知道彦君姐姐是听障，都给她特别的礼遇，对她露出最温馨的笑。

她真是让爸爸妈妈见到好多好多，见到一个积极快乐的她，见到一个充满爱的世界，也见到总是要大人牵的你，居然懂得照顾彦君姐姐，拉着她过马路了。

你是豌豆公主吗

我们知道你将来可能出去住校，可能面对不同的环境，我们希望你能有最大的弹性，适应各种的状况。

最近我们家的人，一下子变多了。

除了离开一年半的公公婆婆回来团聚，二姨、三姨也分别由台北和新加坡来到纽约，加上小姨出去度假，把两个孩子送来，使我们一下子成了十四口之家。

这真是你最兴奋的时候，爸爸可以从你的眼睛里看到一种少有的光彩，你和表弟在院子里玩扯铃，和二姨夫在地下室打乒乓，和小表姐去公园游泳，而且学会了照顾小奶娃，抱着三姨不到一岁的娃娃走来走去。

当然，你也因此耽误了不少事，总听你抱怨弹琴时表弟跑去乱敲琴键；做功课的时候，表姐又拉你出去玩，你好像很矛盾，既舍不得不玩，又怕误了功课。

昨天下午，大家要去游泳，你也显得很懊恼，要我们为你决定——去还是不去？

哥哥先说话了，说他小时候最痛恨的事，就是从窗户看出去，别的小朋友都在街上玩，自己却被逼着写中文。

“所以，妹妹应该去游泳。”哥哥说，“大家都去玩，她一个人做功课，多痛苦。”

妈妈想想，也说：“去吧！难得有个适合游泳的好天气，功课随时都可以做。”

于是，你去了游泳池。游了两个钟头才回来，直叫好过瘾。

只是，你晚上的脾气变得特别急，爸爸听得出来，你不论拉小提琴或弹钢琴，都显得有些浮躁，当爸爸问你：“真弹完了吗？”你却说：“都练好了，已经没得练了。”只是晚上睡觉，你又对爸爸抱怨人太多，使你不能安心练。

现在爸爸就要问你了，过去你的功课好、音乐好，是因为我们家特别安静、人特别少，还是因为你特别用功、特别聪明？

如果人一多你就垮了，是不是证明你过去比人强，只是因为环境好，而不是因为你自己努力？

让爸爸说个故事给你听吧！

爸爸小时候，就像你这个年纪，总代表学校出去参加演讲比赛。

训练爸爸的是一位姓裘的女老师，她不但教爸爸抑扬顿挫和各种手势，而且把爸爸带到一个特别的地方去练习。

你猜，那是什么地方？

那是学校的福利社。好多小朋友在那里买东西、吃东西，又叫又笑，爸爸却得站在他们当中，正经八百地演讲。

那裘老师为什么这样做呢？因为她怕爸爸怯场，怕爸爸在演讲时有一点吵就分心，忘掉演讲稿，所以存心带爸爸到那个吵闹的环境练习。

爸爸前两年回台湾，还去民生小学找那位女老师呢！爸爸要谢谢她，用那个方法教爸爸，使我后来能在最吵闹的环境，仍然保持冷静。

再说个故事：

爸爸以前当电视记者，采访完下午的新闻，常常和摄影记者冲回公司，已经接近播新闻的时候了。

办公室里一团乱，打电话的打电话，剪接影片的剪接影片，大家叫来叫去、跑来跑去。我却得马上摊开稿纸，写新闻稿。

爸爸能不写吗？爸爸又能叫大家静下来，让我写吗？

当然不能！

幸亏有小时候在福利社演讲的经验，爸爸居然很快就适应了。

如此说来，现在家里人多，不也正是你适应在喧闹环境工作的好机会吗？

好孩子！晚上当你睡觉时，爸爸和妈妈看电视，常故意把门打开，让你听得到外面的声音。

我们也偶尔在你卧室开盏小灯、偶尔开盏大灯，又偶尔让它一片漆黑。

我们这样做是有目的的——

在台北市的民生小学，我看到了三十八年前教我演讲的恩师裘爱葆，就是她训练我在福利社的人堆里演讲。

我们希望你不是豌豆公主，只因为厚厚的床褥子下放了一颗豌豆，而睡不好觉。

我们知道你将来可能出去住校，可能面对不同的环境，我们希望你能有最大的弹性，适应各种的状况，才不会像哥哥小时候代表学校出去参加演讲比赛，因为睡不好而表现失常。

写到这儿，爸爸听见你正演奏贝多芬的音乐作品《致爱丽丝》，虽然表弟在地上爬，三姨和三姨夫在旁边逗小孩，奶奶和哥哥在高声说话，楼下又有乒乓球声传来，你却弹得好极了。

爸爸真高兴，因为今天在喧闹中，听到你宁静的情怀。

如果爱丽丝是黑人

十年前，你哥哥交了一个黑人女朋友，我们一家都很反对。觉得种族虽然平等，但中国社会无法接受。

“奇怪！我画给小帆，教她着色的那张画，每天都看她画一点，今天却没见她画，而且图画都不见了。”

爸爸昨天晚上偷偷问妈妈。

妈妈很神秘地笑笑：“她把图画里女孩子的脸画坏了，说她本来想涂成淡淡的皮肤色，却涂得太深，变成了西班牙人。”

“西班牙人有什么不好呢？”爸爸很不懂地问。

妈妈则说：“但是她想把那女孩子画得像爱丽丝。爱丽丝长得很白。”

今天中饭时，爸爸装作不知道，一边吃饭一边问你：“你的那张娃娃图画呢？”

你没答，妈妈却耸了耸肩，爸爸只好接着说：“听妈妈讲，你把脸涂深了，看来像西班牙人，可是西班牙人有什么不好呢？”

你把筷子放下来，歪着头：

“但我画的是金头发、蓝眼睛，当然应该是白皮肤。”

爸爸笑了起来，问你：

“你看！游泳池旁边，那些金发蓝眼的女生，不是都故意去晒，晒成棕色吗？金发蓝眼当然可以有棕皮肤。”

你猛摇头，好像要哭的样子说：

“但我要画的是爱丽丝啊！爱丽丝是白皮肤的。”

这下子爸爸懂了，怪不得你把那女孩绑头发的缎带涂成黑色的。八成迪斯尼卡通里的爱丽丝就绑黑发箍。爸爸前两天看你涂成黑色的，还直纳闷呢！

想到这儿，爸爸又笑笑说：

“但爱丽丝也可以是棕色皮肤的啊！查理士·道森的《爱丽丝梦游仙境》是写给天下所有小朋友看的。小朋友有白有黑有棕有黄，每个人可以配合自己的肤色，把爱丽丝画成不一样啊！”

爸爸还追问你：

“凭什么爱丽丝不能是黑皮肤呢？难道黑皮肤的爱丽丝就

只因为把皮肤画深了，着色着一半，就被放弃了的“爱丽丝”。

不美吗？”

谈到黑皮肤，你记不记得小时候，有一次奶奶和婆婆一起赞美你“长得皮肤好白、好漂亮”的时候。

爸爸在隔壁房间听见，赶快冲过去，加上一句：

“不是只有白皮肤才漂亮。每种皮肤都有它的美，黑人也是很美的。”

爸爸为什么这样说？

因为爸爸不希望你有种族歧视，认为黑人丑、黑人笨，歧视黑人。

你想想，当你歧视黑人的时候，白人是不是也要歧视我们黄种人呢？

如果有一天，你交了个白人朋友，到他家去，他的爸爸妈妈用奇怪的眼神看你，还把他的儿子拉到一角，指指点点地议论，你会不会伤心呢？

那真是会伤心的，因为伤到的是自尊心。

很简单，昨天你跟妈妈说你把爱丽丝画成西班牙人，你不要了。

如果这句话让你的西班牙裔朋友听到，他会不会伤心？

同样的，假使一个白人同学涂色时，涂成黄皮肤，他把那图一甩，说："我画坏了，画成黄皮肤的亚洲人，我不要了！"

你听到，会有什么感觉？

孩子！我们活在一个大世界，也活在一个小世界。

这个大世界上有五大洲、三大洋，有许许多多的人种、不同的肤色。

但是只要你坐上火箭，飞到大气层外，回头看，就发现这大世界不过是个"圆圆的小地球"。那是个地球村、地球岛——一个绿绿黄黄圆圆的岛，浮在蓝蓝的宇宙海洋之中。

我们共同拥有一个地球，都住在上面，在上面生活，为什么要去歧视我们的邻居呢？

他们是与我们有"缘"的人哪！

谈到缘，你想想！

一个黑女孩，生在黑人的家庭，有着黑人的父母，她在被生下来之前，能够知道她是黑人，可能被白人歧视，而说她不愿意来到这个世界吗？

人不能选择自己的种族，她生下来就是那个样子。

如果因此，她就要被歧视，她的黑皮肤就要被认为难看，对她不是太不公平了吗？

人生而平等，这平等先要从尊重开始。

我们要别人尊重我们，要白人社会公平地对待黄种人，我们也要尊重别人，尊重黑种人、棕种人、红种人。

当黑人被歧视、遭到不公平待遇的时候，我们也应该为他们说话。因为为他们说话，就是为自己说话，使我们黄种人也不被歧视。

所以尊重别人就是尊重自己。

提到尊重自己，爸爸告诉你一个有趣的发现。

二十多年前，爸爸刚来美国的时候，黑人小孩都抱金发蓝眼的洋娃娃。

但是今天，你处处看见，黑人小孩抱黑皮肤的娃娃玩。

这是值得高兴的，因为证明了黑人小孩不再认为只有金发蓝眼的娃娃美丽，他们开始以自己的肤色为荣。

再告诉你一个故事：

二十多年前，当爸爸在南卡罗莱纳坐旅行巴士的时候，明明车上很空，却发现爸爸的位子划在车子最后面。巴士中间空着，白人全坐在前面。

爸爸当场就冲下车，找卖票的理论。

结果，爸爸换成了前座。只是，爸爸一路上，每次回头，看见后面坐的黑人，就觉得很不好意思。唯恐我去要求坐在前面，反而表现了对后面黑人的歧视，表示我不愿意坐在他们中间。

二十多年来，爸爸常想，当时应该怎么做，才能造成大家好的感觉？

爸爸终于想到了，就是争取所有的黑人跟白人一起坐，大家不分种族，一律平等。

爸爸也对以前做的一件事表示后悔。

十年前，你哥哥交了一个黑人女朋友，我们一家都很反对。觉得种族虽然平等，但中国社会无法接受。

有一天那黑人女孩来家里玩，她的爸爸特别由上州开车来接她回家。爸爸跟那黑人女孩的父亲握了手、聊了一下，看着那黑人爸爸搂着女儿走下门前的台阶。

现在，爸爸搂着你的时候，常想，在我眼里，你是最美的孩子；在那黑人爸爸的眼里，他的女儿也是最美的孩子。

爸爸希望世界上每个人都说你美。爸爸凭什么在那个时候认为“她”不美？

所以今天爸爸要对你说：

“棕皮肤的爱丽丝、黑皮肤的爱丽丝、黄皮肤的爱丽丝和迪斯尼画的金发碧眼的爱丽丝完全一样。她们都很美！”

刘墉家书

错是走向对的第一站

在你的错误中，表现了你的潜力。只要你好好检讨、改进，你一定会变成最棒的！

今天下午我们在院子里打羽毛球。

不知为什么，你今天打得特别差，以前最高纪录，我们能连打八十多球，今天却连二十球都打不到。

尤其是开球，你总是打歪，而且歪在同一个角度。爸爸要你改正、用力，你却一拍子打到自己的腿，痛得坐在地上哭，又把拍子一扔，冲进房间了。

现在让爸爸说个故事给你听吧！

爸爸中学的时候，常有别校的篮球队，到爸爸读的学校来挑战。

虽然看过那么多美国职业篮球赛，在爸爸记忆中，却都不如中学时，看自己同学迎战客队时的比赛精彩。

记得最清楚的是，爸爸班上也有一个同学被选为代表队。他第一次上场的那个比赛，全班都挤在了场边，要看他为校争光。

来挑战的学校代表队，一个个人高马大，一副很了不起的样子。爸爸学校的同学则在四周呐喊，为自己人叫好。

这是在我们的地盘呀！绝大多数的观众都是爸爸学校的，大家一面倒地为自己同学加油。

只是不知是因为外校的队伍太强，还是我们的校队失常，整个比赛都是别人占上风；更可恨的是，爸爸的同班同学，他每次出手都差那么一点力量，虽然方向对，却在篮圈上跳一下，没有进。

“叫那个新手下来！叫那个新手下来！”“他是哪一班的？投不进，还爱现！”

好多同学都气急败坏地骂，越骂他越紧张，也就越投不进了。

比赛结束，爸爸全班同学都低了头，那位同学更低了头，好像不敢看大家。他走在校园里，也确实有人指指点点地骂“打得烂，还爱现、爱出手，害我们输球”。

但是爸爸记得很清楚，上体育课的时候，老师特别把那个同学叫过去，拍着他的肩，对大家说：

“你们的这位同学，将来了不得。你们看！前几天比赛，他每次出手，都很准，只是力量差一点点。他连投六球，六球都落在同一个位置。”老师看着大家，放大声音：“想想，他下次只要调整一点点，力气大一些，不就都是空心球了吗？”

突然之间，那位同学的信心又恢复了，篮球场上总见他拼命地练习。

你猜，他后来有没有投得很准？

告诉你，他成了我们学校最能得分的人，靠着他“百步穿杨”的长射，使爸爸学校得了台湾北区篮球比赛的第一名。

再给你说一个爸爸写在《点一盏心灯》里的故事吧：

有个合唱团演出，大家都唱得好极了。可是，当合唱进行到应该由女生独唱时，突然从女高音的队员中，发出一个高高的声音。

有一位女团员忘了那不是她该唱的，居然唱了出来。

你想想，这是多尴尬的事啊！

演出结束，指挥气急败坏地冲回后台，大声吼：

“刚才是谁放炮？”

一个新进的团员正躲在角落哭泣，颤抖地回答："是我。"

指挥刚要骂，正巧进来一位伟大的声乐家，指挥吓一跳，赶快过去迎接。

你猜那伟大的声乐家说什么？他是不是也来怪罪居然有人"放炮"？

如果你猜"是"，就错了！

那伟大的声乐家说："我想见见那位放炮的团员，因为我已经很久没听过那么圆润美好的声音了。"

那个正在哭的女孩子居然被这位大师收为学生，后来成为著名的声乐家。

现在，爸爸要问你，你还在哭吗？你还在为自己发球总是打歪，而且打到同一个位置而懊恼吗？

你能不能这么想——

其实我能打得非常好，只是今天出了点小毛病，下次我只要调整一点点，就可以每球都发在最好的位置了。

你是不是也能安慰自己——

我今天没打好，是因为太想把球发得有力，结果注意了用力，却忽略了方向。瞧！我今天发球的落点，不是比以前更远吗？

好孩子，别哭了。

让爸爸当那位中学时的体育老师，也让爸爸扮演那位伟大的声乐家，对你说：

“在你的错误中，表现了你的潜力。只要你好好检讨、改进，你一定会变成最棒的！”

圣诞老人死了吗

明明我的头花是圣诞老人送的，当时妈妈还说圣诞老人真聪明，送的头花正好配我的新溜冰服，怎么今天妈妈又说是妈妈买的呢？

今天在溜冰场上，克莉丝汀娜的妈妈说女儿要参加比赛了，可是找不到能跟溜冰服装相配的头花。

你妈妈则庆幸地讲，幸亏她给你买演出服的时候，顺便买了头花，不然也有一样的问题。

当时你没吭气，但是在回程的车上，你突然问妈妈这世界上有没有圣诞老人？同学都说根本没有，全是爸爸妈妈编的。

妈妈没答话，但是隔了一下，你又问：

“明明我的头花是圣诞老人送的，当时妈妈还说圣诞老人真聪明，送的头花正好配我的新溜冰服，怎么今天妈妈又说是妈妈买的呢？”

妈妈还是没有回答，而你，居然哭了起来。

你为什么哭呢？

是因为你曾经对同学们坚持世界上有圣诞老人，觉得自己幼稚、丢人而哭？还是为你心中圣诞老人的形象幻灭了而哭？

其实每个在圣诞夜发现礼物的孩子，都会猜想有没有圣诞老人——

“如果有，他是从哪里进来的?”

“如果有，他是不是会送每个孩子礼物?”

“我得到礼物，是不是因为我特别乖？圣诞老人特别爱我?”

当你小时候，妈妈还故意把壁炉前面的罩子拉开些，哥哥又从火炉里掏了些灰撒在地上。

然后在第二天指给你看：“圣诞老人是钻烟囱进来的。”

但是你知道吗？哥哥小时候也总盼着圣诞老人，他也在你这么大的时候怀疑有没有圣诞老人。

他曾经问爸爸：“为什么圣诞老人写给我的信上，说的都是爸爸妈妈常讲我的缺点？圣诞老人怎么那么清楚?”还问：“为什么圣诞老人用了妈妈的信纸?”

那时候妈妈只好说：“圣诞老人忘记带，临时向我借的。”

爸爸小时候也一样，但爸爸得到的礼物不是放在袜子里，也不是放在床下或枕头旁边，而是需要爸爸自己到处找。

爸爸翻来翻去找不着，直到爷爷拉着爸爸走到一个柜子前面，从好高好高的地方拿下一大包礼物。

虽然当时爸爸才六七岁，但是那画面记得好清楚，为什么？因为爸爸一直想，为什么爷爷会知道礼物藏在那里？

还有，为什么爷爷一病不起，圣诞老人也就不再来了？

圣诞老人应该是最有同情心的才对呀！他应该特别疼爱失去爸爸的孩子，为什么他反而不来了呢？

过了几年，爸爸懂了，圣诞老人是爷爷扮的。

于是爸爸猜想，爷爷一定早早就买好了礼物，然后偷偷放到柜子的最上层。

又过许多许多年，有了你哥哥，爸爸也开始为哥哥扮圣诞老人，爸爸又体会了一件事——

当小朋友发现圣诞礼物的时候，最快乐的不只是那个兴奋的小朋友，还有跟他一样兴奋的人，就是那小朋友的爸爸和妈妈。

得到礼物是一种快乐，给予礼物也是一种快乐啊！

所以今天当你发现圣诞老人原来是爸爸妈妈装扮的时候，你何必伤心呢？你应该高兴啊！

因为那表示圣诞老人可以是爸爸，可以是妈妈，可以是哥哥，也可以是你。

圣诞老人不再是一个住在北极圈老人的专利，人人都可以做圣诞老人，多棒啊！

记得二十年前，爸爸刚来纽约的时候，有一天在地下铁里看见一个好像很穷、很可怜的老人，提了两个重重的袋子，想必是那种到处捡破烂、睡在地铁站的“手提袋老人”。

但是爸爸才下车不久，又看见那个可怜的老人。

他居然换了衣服，成为一个圣诞老人，一边喊着“圣诞快乐”，一边从手提袋里拿出玩具、糖果，分给路过的小朋友。

无论街上的大人或小孩，都感受到了他的喜气。

即使他真的很穷，但是当他能省吃俭用，省下钱买礼物，分享给大家的时候，他不也是个“真真正正的圣诞老人”吗？

所以从今天起，从你知道什么是圣诞老人的这一天开始，你就可以想，你是不是也能成为圣诞老人？

你是不是能把省下来的零用钱，在圣诞节前交给妈妈，寄去给我们认养的残障小朋友，让他得到一份圣诞礼物？

你是不是也能把省下来的钱捐给“希望工程”，让一个在偏远地区没钱念书的小朋友，又高高兴兴地背起书包上学去？

孩子！圣诞老人的可爱，不在于他只到我们家，送你最好的礼物。更在于这世界上处处有圣诞老人，把他们的爱带到每个角落。

所以，今天不是圣诞老人在你心里幻灭的一天，反而是“更真真实实活在你心中”的一天。

每个扮圣诞老人的人，都是曾经拿圣诞老人礼物的孩子。

你已经不再只是接受礼物的孩子，而将成为给予礼物的人。

“施比受更有福”，你会发觉当圣诞老人是更快乐的事！

爸爸不能帮你

你要知道自己去想、自己去画。永远不要羡慕别人，看别人怎么做，就一下子放弃自己原有的点子。

爸爸从台湾回来，才进门，就听你抱怨自己参加的大颈区海报比赛不公平。

“好多同学都是哥哥姐姐帮忙画，还有爸爸妈妈帮忙的呢！”你气嘟嘟地跳坐到沙发上说。

“帮忙又怎么样？”我对你笑笑，“帮忙就会画得比较好吗？你不是很会画吗？”

“可是我不会设计颜色。同学有人帮忙的都画得好漂亮、好鲜艳哟！跟他们比，我怎么能得奖呢？”

“得奖又怎么样？”我再问你。

你一下子跳了起来，大声说：“得奖就有奖金。”

这时候你妈妈也过来说：“是啊！这次是水利公司办的，叫小朋友以‘怎么省水’为题，设计海报，一共三个年级，每年级取两名，是有奖金的。”又安慰你说：“你也画得很好啊！待在书房一下午，一点声音都没有，画了一张很不错的东西。”

“不好！不好！”你叫了起来，“妈妈都没认出来我画的洗澡盆，我一定不会得奖。”隔了好一阵，你又加了一句：“都怪爸爸不早几天回来。”

这下子我懂了，原来你发脾气，是怪爸爸没早几天回来，帮你画海报。

那么，让爸爸告诉你一个故事吧：

爸爸从小也很喜欢画画，画那种跟你很像的。先用笔勾出轮廓，再加上一点颜色的画。

每一次小朋友的画画比赛，爸爸都去参加，可是从幼儿园到初中三年级，十一年间，爸爸没得过一次奖。

到现在，爸爸都清楚地记得，每次比赛成绩公布，爸爸站在布告栏前面，看别人得奖作品的感觉。大家画得颜色都好重、涂得好满，爸爸那时想：“我不会这么画，看样子永远得不了奖了。”

高中，爸爸终于去找老师学了画。居然才学三个月，就参加全省学生美术展，得了大专高中组的第二名，连大学美术系的学生都输给了爸爸。

但是爸爸很心虚，一点没觉得真赢了，因为参加比赛的那张画是照着老师画稿画的。

接着，爸爸得了肺病，休学在家养病。那时候，爸爸已经能临摹得很像、很漂亮，奶奶常把画拿去送朋友。可是，爸爸不愿意只是临摹，宁愿自己想、自己画。

你奶奶有一天很不高兴地说：

“你为什么不照老师的画？自己画得多难看！”

爸爸从来对奶奶都很有礼貌，那天却大声地顶撞她：“我不要！我要画我自己的。”

回想起来，那时候爸爸真是画得很丑，好几次想放弃，回头照着画稿临摹。可是每次想起得到的奖状，是抄袭得来的，爸爸又决心坚持到底。

隔了一年，爸爸居然再一次得奖，同样拿了第二名。

爸爸把奖状框起来，挂在墙上，越看越得意。为什么？因为那是“我真正的胜利”。

现在我要问你，你明明能自己画，却希望爸爸帮忙，就算帮你画好了，得了奖，你又觉得光荣吗？你不会跟爸爸那次一样心虚吗？

而且，你要知道，真正儿童画的专家，他们一眼就能看出是不是小朋友自己画的。

好比幼儿园的小孩，如果画车子里坐着人，他们一定会画一整个人坐在那儿，而不是先画好车子，再在车窗里加人。他们画游泳池，也会把每个游泳的人的身体画出来，再涂水。

连你画树的时候，不是都先画树干，好像一截粗粗的木桩子，再在顶上加些细细的小树枝，然后才画叶子吗？

如果幼儿园的小朋友，在大人的帮助下，画了不是他年龄能画的东西，专家当然一眼就看出来了。

你怎么不想想，很可能那些找人帮忙的同学，原来明明自己有很好的构想，只因为别人帮忙加了几笔，反而露了马脚，失去了得奖的机会呢？

最重要的是，你要知道自己去想、自己去画。永远不要羡慕别人，看别人怎么做，就一下子放弃自己原有的点子。

你也要知道，画得好、写得好，都不难。经过勤苦练习，多半的人都能达到。但是真正成功的画家、作家，必然因为他们画出了、写出了跟别人不同的东西，一看就知道是他的作品，而且说出他的心声，令人感动。

当然，我知道你早就不怪爸爸没帮忙了。

因为今天在大家的掌声和记者镁光灯的闪亮中，你已经从水利公司总裁的手里接到奖状和五十块钱的奖金。

你也看到每个得奖小朋友的作品，都那么稚拙、天真，没有一点点大人帮忙的痕迹。

恭喜你得了第二名。

那是你真正的成绩，一点都不假！

弹一架『纸钢琴』

弹琴的人比钢琴重要，自己的努力比继承的家产重要。

那些拥有史坦威的演奏家，都可能是由弹一架『纸钢琴』开始的。

今天中午在餐桌上，哥哥提到他的一个朋友，曾经为俄国最伟大的钢琴家哈洛维兹（Vladimir Horowitz）作过录音，当时史坦威钢琴公司还特别运了一架最好的琴去给“大师”弹。

然后哥哥形容史坦威钢琴有多棒。说他哈佛的一位同学有一架十九世纪末的演奏琴，每个键，轻轻按下去，就好像能挤出声音似的。

你追着问：“那我们的琴呢？”

哥哥一撇嘴说：“我们的如果轻轻按，声音就一下子不见了，怎么能跟那种一架十五万美金的名琴比？”

当时我看你露出失望的表情。才吃完饭，就见你坐在钢琴前，偷偷轻轻地弹，又歪着头听，然后摇摇头、耸耸肩。

爸爸把你叫过来，搂着你，问你为什么摇头。你先不说，隔了半天才讲："为什么史坦威钢琴那么好？我们的琴比较差，是不是就练不好琴了？"

爸爸笑笑，告诉你：

今天中午哥哥只讲了一半。他没有跟你说他小时候用什么琴。

你知道他最初弹的琴不会出声音吗？

那只是一张"印了琴键"的纸，他只能在上面用手指比来比去。

过了好一阵子，爸爸才为他买了一架小小的风琴，那琴先要不断踩，打足了气，才能弹出声音，而且一下声音大、一下声音小。

又过了两年，爸爸才凑足钱，为他买了一架台湾造的最便宜的钢琴。他就是用那架琴打下基础。

哥哥后来不是考进茱丽叶音乐院的先修班，而且在林肯中心开了毕业独奏会吗？

哥哥也没说哈洛维兹早年曾经蹲在史坦威钢琴的工厂里打工。还有，你知道他那位拥有十五万名琴的同学现在已经放弃音乐了吗？

告诉你一个故事：

以前爸爸和妈妈到处看房子，有一天到一个要卖房子的人家，客厅里就摆了一架史坦威钢琴。

可是琴上放了许多相框，而且落满了灰。

爸爸好奇地问那女主人："是你弹的吗？"

她点了点头，说从小就弹，但是已经几十年不碰了。又说她的子女也不碰，因为孩子根本不会。

爸爸一怔，问她为什么不教孩子弹。

那女主人笑笑说，她自己小时候被逼着弹琴，已经辛苦死了，不希望孩子也受苦。子女也不想学，所以一点都不会，现在卖房子，她也打算把钢琴卖掉。

可惜爸爸那时候钱不够，没买得起房子，也买不起她的名琴。

但是后来爸爸常想，这个世界其实蛮公平的。

那些因为家里穷，小时候什么才艺都没学的父母，当自己有钱的时候，常会逼着孩子学琴。

当他们的孩子长大，成了父母，却可能什么都不要自己的孩子学，造成孩子什么都不会。

还有，当你问家里非常有钱的同学，他们的祖父母是不是很富有的时候，可能得到的答案是很穷。而那些现在穷困的家庭，很早以前，又可能有位千万富翁的祖父母。

这是为什么呢?

因为穷孩子常会特别努力，于是他自己小时候虽然三餐不继，却能让他的孩子生在富有的家庭。

那些出身富裕的孩子，又可能很浪费、不努力，结果用尽了家产，让他的下一代过得很穷。

所以，弹一张纸琴的孩子，像你哥哥，如果努力，将来说不定能买下一架史坦威。而那有史坦威琴的家庭，后来却可能让孩子弹一张纸琴。

可爱的女儿，你因为别人有名琴而羡慕吗?你因为同学家里有大大的花园和游泳池而自觉不如吗?

你千万别这么想!

你要想，你小时候没有的，将来能不能让你自己的小孩拥有?

你更要想，今天如果拥有一架史坦威，而你不努力，又不教你的孩子努力，那史坦威有一天也可能成为别人的。

记住！

弹琴的人比钢琴重要，自己的努力比继承的家产重要。那些拥有史坦威的演奏家，都可能是由弹一架“纸钢琴”开始的。

你懂得『自割』吗

你甚至要学会，有一天碰到坏人绑架，当他们凌辱你、侵犯你，而你知道反抗没有用的时候，要忍耐。别用言语、眼神激怒那些坏人，使你能保住一条命。

“我看到一只蜘蛛！我看到一只蜘蛛！”

你今天中午从楼上叫着跑下来。

爸爸赶快拿着镊子，跟你上楼。

果然在你书桌旁边的墙上，正有一只蜘蛛站在它的网里。

爸爸一镊子，就夹住它的一只脚，它先蜷成一团，想装死，接着发现没有用，又拼命地挣扎。

我们兴奋地跑下楼。你一边跑，一边问：“蜘蛛会不会跑掉啊？”

“不会！”爸爸说，“因为它不会‘自割’，所以虽然八只脚只夹住一只脚，而且夹在尖尖上，它还是跑不掉。”

爸爸打开螳螂的笼子，又用镊子夹着蜘蛛，伸到你的宠物螳螂前面，不到一秒钟，蜘蛛已经被螳螂抓去了。剩下一只断腿，还夹在镊子上。

爸爸看了看那条断腿，感慨地对你说：

“你看！它的脚还是断了。它要是会自割，牺牲一只脚，说不定早就跑掉，而不致送命了。”

你说你不懂什么叫“自割”，现在爸爸就解释给你听吧！

“自割”是动物的一种逃生方法。爸爸小时候，到了夏天，窗子上常有壁虎爬来爬去，壁虎就会自割。

有一次爸爸打一只壁虎，它在前面跑，爸爸拿着扫帚在后面追，突然壁虎分成了两截，一截在地上扭动，一截钻进了墙缝。

在地上扭动的那截，原来是它的尾巴。妙的是，那尾巴虽然离开了身体，还是会动，于是吸引了爸爸的注意，让那壁虎逃掉了。

这就叫作“自割”——在紧要关头，牺牲自己的一部分，来求保命。

这世界上天生会自割的动物很少，但有许多动物知道在紧要关头，用它们的智慧，做出“自割”。

有些野兽，被猎人的捕兽夹夹到腿之后，会一口口咬断自己的腿，强忍着痛，用那剩下的三条腿，一跛一跛地逃跑。

所以当猎人发现兽夹上只夹到一条血淋淋的断腿时，就知道他遇上了一只够聪明也够狠的动物。

但是孩子！你知道吗？世界上最懂得“自割”的是什么动物？

不是狮子、老虎、豹子或山猪，而是人啊！

爸爸曾经在报上看过一则新闻——

一个伐木工人，在砍树时发生意外，被倒下的树干压住了一条腿。

当时只有他一个人。

那条腿被压得很紧，树干又很重，他怎么都没办法把腿拔出来。

天渐渐暗了，树林里传来野兽的吼声。寒冷的山风使他冻得发抖，他心想，这样下去，就算不被猛兽咬死，也得被冻死。

你猜，他怎么做？

这位伐木工人，居然先撕裂衣服，绑住那条被压住的腿的上端，再拔出腰间的小刀，咬紧牙关，一刀刀切断了那条腿。

然后他拖着断腿，爬上车子，开车冲下山，冲到了医院。

医院立刻派人带着起重机赶上山，抬起树干，拿出他的断腿，再送回医院，彻夜以显微手术，把断腿接了回去。

那位伐木工人不是用“自割”救了自己一命吗？

自割的种类很多——

当一个人因为糖尿病，腿部出现坏疽的情况，为了保命，他可能得把腿切除；当一个人得了大肠癌，他可能得把大肠切除，并且把剩下的那段肠子接在肚皮上，做成“人工肛门”；当一个人得了乳癌，她可能得将整个乳房切掉，换上假的乳房。

同样的道理，如果有一天你坐车，车子里出了问题、冒出浓烟，或在家里，发生了火警。你应该急着穿衣服，找你的宠物和宝贝，还是先跳出车子、跑出房子？你当然应该牺牲你的宠物和宝贝，它们虽然珍贵，但更珍贵的是你的生命。

所以你也要知道在紧要关头学会放弃，那“放弃”就是一种“自割”。

你甚至要学会，有一天碰到坏人绑架，当他们凌辱你、侵犯你，而你知道反抗没有用的时候，要忍耐。别用言语、眼神激怒那些坏人，使你能保住一条命。因为只有你活着，才能把坏人指认出来；只有坏人被指认，才不会再有人受害。

孩子！“自割”是痛苦的，不到紧要关头，谁也不要自割。但是“自割”也是智慧的，只有权衡轻重，而且有大勇气的人，才能“自割”。

“自割”不是走向死亡，而是走向“重生”啊！

救护车拉走了爸爸

『无常』是『不常常那样』。好比树不会永远绿；花不会永远开；人不会永远年轻。这世界不断变化，每个人有一天都会离开。

对不起！把你吓到了。

昨天下午，我们去参加小区华人为孩子举行的游园会，在一场赛跑之后，爸爸突然觉得头晕，四肢发冷、嘴唇发麻，赶快拉着你妈妈躲到大树后面，坐下来，原本以为一下就会好，没想到眼前的东西越变越亮，渐渐发黑，看不见了。

但是爸爸的神智很清醒，爸爸一直想：是忍着，等情况好转？还是立刻上医院？

最后，爸爸决定去医院，因为爸爸就是在你这个年岁死了父亲；爸爸不能冒险，让你也在九岁没了父亲。

妈妈一通知大家，场面就乱了，有人拿冰毛巾来，说一定是中暑；有人伸手过来揉眉心，说是休克；有人说该躺下，又有人讲还是坐直了好。

救护车和警察很快就来了，为爸爸戴上氧气面罩，抬上担架，呜啦呜啦地把爸爸送去了医院。

匆忙中，妈妈把奶奶和你托给了邻居，听说当你知道爸爸要留在医院的时候，你立刻哭了。

这已经是不到一年来，你第二次见到救护车把爸爸带走。我知道对你来说，将是永远无法忘掉的事。但爸爸本来身体就不怎么好，又年近半百，生病是难免的。

想想，爸爸在你这个年纪，已经披麻戴孝，跪在你爷爷的灵前。而爷爷死前的一年，爸爸总是一个人在家守着，不是更可怜吗？

我在医院也听说，刚刚死了一个四十二岁的男人，他也是两个孩子的爸爸，前几天还打高尔夫球呢，却突然心脏病发作，一句话都没交代，就死了。

这就叫作“人生的无常”。“无常”是“不常常那样”。好比树不会永远绿；花不会永远开；人不会永远年轻。这世界不断变化，每个人有一天都会离开。

这道理其实你早有体会。你最疼爱的Pinky白兔，不是突然死了，由哥哥帮你把它埋在后院吗？你的宠物螳螂Patty，虽然比外面螳螂多活了好几个月，还是死了，现在不是放在我们的玻璃柜里吗？

有一天，奶奶、公公、婆婆、爸爸、妈妈，都会离开这个世界。到那时你大了，你老了，你的孩子又大了，你也会告别这可爱的人生。

亲人死、自己死，都是多么伤心的事。

但我们不得不死，因为我们会老、会弱、会病，怎么都救不了的时候，只好把这个“太不好用”的身体扔掉，到天上，等着上帝发给我们一个新的身体。然后，我们就会到另外一个世界，重新过一生。

而在这个世界，我们也没消失，因为我有了你，你有了你的孩子，你的孩子又生了她的小孩。

就这样，我们的爱像我们的名字、我们的故事一样，被传递下去。

你读的格林、安徒生童话故事；你背的王维、李白的诗，不都很有意思吗？

但是格林、安徒生、王维、李白，都死了。他们有的已经死了一千多年，却还让我们记得，因为他们留下了作品。他们的孩子的孩子的孩子……也一定活到今天。说不定我们的血液里，也有李白和王维的一部分呢！

爸爸可能说得太深了。

爸爸只是想告诉你，即使有一天爸爸妈妈死了，你也不要太伤心，因为当我们在一起的时候，都过得很快乐，那快乐的记忆会永远留在我们的心底，甚至带着那美好的记忆，到另一个世界。

爸爸在医院住了一天，做了好多好多检查。才睡一下，就被叫起来，吃药、抽血，好可怜啊！爸爸躺在病床上一直想，我亲爱的小女儿睡得好不好？希望你别带着眼泪上床，希望你没有做噩梦。

不管怎么样，爸爸好好地回来了。你一下子冲过来，抱着爸爸，没看到爸爸正偷偷把眼泪掉在你的头发上。

医生说，爸爸没事，大概因为那天中午只吃了一个粽子，又帮着办活动，太忙了。于是爸爸高兴地掉下眼泪，知道我又可以陪你打球、玩耍，看你长大。

多巧啊！家里的电话录音坏了，大概因为太多人留言问爸爸的病情，把机器烧坏。

是大家的友情、热情，烧坏了我们家的电话。据你妈妈说，昨天在公园，大家四处找电话，叫救护车，都急死了。

可见，邻居、朋友，对我们有多好。

爸爸的这场病，让我们见到了许多。有许多感动、感激！也让我们知道：

一家人能健健康康在一起，每过一天，都该感恩。

向原始人学习

人的体力有限，但是脑力无限，只要你用脑筋、用工具，静下心，一步一步做下去，许多困难的事都能解决。

今天你在窗外捡到一块黑色的小石头，拿来问爸爸，为什么草地上会出现一块奇怪的石头呢？

爸爸把你带到外面，要你抬头看，看我们家的屋顶，上面都是一片片的石瓦，然后告诉你那片小石头就是由瓦上剥落的。

爸爸又说这种石头在亿万年前，可能是一层一层沉积，又被压在地底下形成的，所以它们从侧面看是一层又一层。经过夏天的烈日晒，冬天的冰雪冻，就会一片片剥落。大概昨天风大雨也大，把这剥落的小石片冲到了草地上。

我们把那块小石片拿进屋里，爸爸坐在书桌前又说了一个故事给你听：

很多年前，有一次爸爸和朋友到郊外玩，看见溪边开满了姜花，我们都好喜欢这种花，就跳下车去采。

过了几分钟，爸爸抱了一大把姜花回车子，那朋友却两手空空。

为什么？因为他没有带刀，而姜花的茎很坚韧，他怎么折、怎么扭，都弄不断。

爸爸也没带刀，但是爸爸在下车时，顺手从路边捡了一小片这样的石头，就用这石头当刀，轻松愉快地采了许多姜花。

接着，爸爸拿出一张纸，再用你捡到的石头边缘划过去，你叫了起来："哇！好利哟，好像刀片一样！"

可不是嘛！那纸立刻被切开了。

这就叫作工具。

"使用工具"是人类能超越其他动物最重要的原因。

想想！我们的力量哪有大象大？我们的牙齿和指甲哪有老虎厉害？我们跑的速度哪能比得上猎豹？

我们就是靠着工具，一步步创造了人类的文明。

再让爸爸说个故事：

很早很早以前，一个原始人的小孩生病了，小孩的爸爸到水

真难相信！这小石片切纸的感觉好像刀片。

边，用手捧了水，走回他住的山洞，还没进门，水就从手的缝缝漏光了。

幸亏小孩的妈妈，手缝比较小，去水边捧回水来给小孩喝，捧了一次又一次，小孩终于病好了。

原始人爸爸心想，下次小孩还可能生病，为了取水方便，不能住在山洞里，还是选择水边吧！于是他们一家搬到水边住。

可是水边不但没有山洞里温暖、安全，还会淹水；一场大雨，他们的家就被冲不见了。

直到有一天，他们在烤肉的时候发现被烤过的泥土变得很硬。于是用泥巴捏成碗的样子，放上去烤，制成了第一个“陶碗”。

接着又把“陶碗”改进，成为了“陶壶”。

他们的生活一下子改变了，他们又搬回山洞，而且找了一个高高的、更好的山洞住。

因为他们再也不必天天到溪边取水。他们可以用陶壶装很多水，放在山洞里备用。

当你想到这些，下次去博物馆，看到那些土里土气的陶器的时候，就会有另一种感觉了。你甚至能深一层想，那些有着三条腿或四条腿的“鼎”是怎么造成的？为什么南美洲的印加人跟中国人老祖先做的“鼎”会那么像？

这是因为大家都是人类，大家也都会思想。

当老祖先们把陶做的锅子架起来，下面点火煮东西吃的时候，他们起先在锅子下面垫石头，但是后来想，多麻烦！每次垫石头，何不直接做几条腿，连在锅子下面？

“鼎”就这样被发明了。

工具就是这么妙！它能使我们一下子办到以前办不成的事，它能改进我们的生活。

记得有一次爸爸带哥哥到香港去，进餐馆点了两只著名的“大闸蟹”。

爸爸和哥哥都没吃过那种螃蟹，我看看你，你看看我，不知怎么动手。

餐馆的服务生见到了，过来教我们吃，他先用剪刀把螃蟹脚上最尖的爪子剪下来，再把脚折断。接着，妙极了！他用那尖尖爪子的一头插进折断的蟹脚当中，蟹肉就从另一端被挤了出来。

还有一次，爸爸在纪录片里看见非洲部落的一群妇女，到山里捡柴。

她们看见一棵倒下的大树，想要抬回家。

爸爸当时心想，树那么粗、那么重，她们又没带斧头，怎么办得到呢?

但是接着看她们先把小枝子折断，用小刀把枝子的尖端削成楔形，也就是像扁头螺丝刀的样子，再将那枝子插进树干的小裂缝，然后用石头把小枝子用力敲进去。

“喀”一声，那树干就裂开了。

就这样，她们把大树一块块分解，一人背几块，高兴地带下山。

你知道爸爸为什么因为你捡到一小块石头，而说这么多吗?

爸爸要告诉你，人的体力有限，但是脑力无限，只要你用脑筋、用工具，静下心，一步一步做下去，许多困难的事都能解决。

你也要尊敬我们老祖先的智慧，甚至有时候跟他们学，学他们求生的技术，学他们使用最基本的工具。

说不定有一天，就像爸爸采姜花时。你会使用那百万年前原始人使用的工具——一个小石片，而满载归来。

可怕的新老师

老师居然说就因为你们走得太近，总是黏在一块儿，所以不能分在一班。他还说每一年分班，都会特别把要好的孩子拆开来。

今天你从学校回来时神色不太对，妈妈问你半天，你才支支吾吾地说，因为见到了下学期的新老师。

“她好凶，又好高。”你指了指厨房的门框，“比哥哥还高得多，差不多要碰到上面了。”停一下，又说：“但是我们不能问她多高哟！”

“为什么？”爸爸问。

“因为她会生气。凯莉的哥哥以前被她教过，说有个同学问她多高，她马上把脸板下来骂：‘怎么这么没礼貌？回去好好检讨一下’。她今天还吓我们，说她的班不好混，每个礼拜要写读书报告、要分组比赛拼字，还要看《儿童纽约时报》，今天已经发下一个单子。”你掏出一张印好的东西，上面写着下学期第一天上课要带的东西，果然密密麻麻一大堆。

“严一点好！”爸爸说。

“可是我好害怕。”你看了看爸爸和妈妈。

妈妈对你笑笑：“跟你哥哥小时候一样，一碰上重新分班和换新老师就害怕，可是上课没几天又好了。”

“是啊！”爸爸也想起来说，“那时候他上史岱文森高中，第一天紧张得拉肚子，说他一定跟不上。我们还要安慰他，先去读读看，如果实在难，就转回来，上附近的学校，但是没去几天，就适应了。”

爸爸可以再告诉你个秘密，你哥哥连去哈佛之前，都紧张得要命，还是由爸爸妈妈送去的。

但是没多久，他却打电话回来说：“哈佛不怎么样！”

那时候，爸爸妈妈就放心了。因为当他觉得别人不见得比他强，老师也不见得伟大的时候，就表示他已经能跟得上，而且已经有了自信心。

现在你的心情不是跟哥哥当年一样吗？老师突然换人了，原来要好的同学不见了，你好像一下子得独自面对新的挑战。

换成爸爸，爸爸也会紧张啊！

要好的同学都被拆散，当然也是令你伤心的原因之一。

但在幼儿园跟你最要好的玛丽奥，不是又跟你同一班了吗？

你记不记得，当小学一年级，她没跟你同班时，你还气得哭呢！

后来妈妈特别去学校问老师，能不能把你们分在一起。老师居然说就因为你们走得太近，总是黏在一块儿，所以不能分在一班。他还说每一年分班，都会特别把要好的孩子拆开来。

我们先不同意，后来才发现，你自从重新分班，英语就突然进步了。因为你不能再跟同一个女生，用你们习惯的那几句话交谈，而需要跟每个新同学接触，适应大家的口音。

亲爱的孩子！你要知道，将来你进入的社会，有着黑白黄红棕各个种族，有着来自世界各地不同文化背景的人。你可能不断换新工作、不断交新朋友、不断有新老板、不断有新环境。

这跟你们学校年年重新分班、换新教室和新导师的道理不是一样吗？

你也要知道，换新老师对某些同学是有很大帮助的。

你不是听见台湾的 ×× 姐姐说了吗？她因为在高中三年都是同一位导师，那位老师不喜欢她，使她一直很痛苦。想想！如果她的学校也能年年换导师，对她不是好得多吗？

你会发现有些原来没有好朋友，又不被导师疼爱的同学，很可能当他“重新来过”的时候，就一下子交到好多朋友，又因为得到新老师的喜爱，而功课进步了。

当然，也可能有些“上个导师的宠物（teacher's pet）”，因为不懂得跟新老师相处或自以为了不起，引起新老师反感，而不再是“班上的红人”。

这有什么错呢？本来我们就不可能得到每个人的掌声，将来你进入社会也是一样的，你不可能得到每位长官的青睐。

说实在的，当爸爸知道你们学校分班的方法之后，真觉得他们在为学生创造一个未来的社会。

他们预定四年级有五班，就要每个三年级的老师在这学期把班上孩子分成五组，每一组都有成绩最好和最烂的学生，而且把那些死党，分在不同组。

接着由校长抽签——

抽一个四年级的导师，再由三年级各班的每个组中，抽一组出来。

于是，新老师的班上一定有成绩最好也有成绩最差的学生，每个孩子也一定在班上只有五分之一（包括他自己）的同学是上学年同班的，而那些人又不会是他或她的死党。

没有家长能托人情，希望自己的孩子分到哪一班。除非知道下学期哪位老师跟自己是亲戚或有业务往来，或是“已经教过自己的小孩，又不喜欢那个孩子”，才能向学校要求“不要分到那老师的班上”。

你班上的 ××× 不是就因为她哥哥不喜欢某一位老师，而且家长跟那老师有过争执，而要求不把她分到那老师的班上吗？

这是因为学校怕家长和老师的成见影响到教学。

你说，学校不是什么都考虑到了吗？

孩子！

人生好像探险和寻宝，如果你每年接触的，都是一样的事、一样的人、一样的环境，就没意思了。

想想！暑假之后——

新老师、新同学、新书本、新教室、新学年……那么多“新”，等着你，多有意思啊！

人生何必处处拿第一

孩子！爸爸不要你拿第一。只希望你做个快乐的读书人，而且快乐地读、快乐地用，常常温习、常常思索。

今天下午，你去上中文课之前，我看见你不断地翻书，一边翻一边数，然后得意地说你这个礼拜读了两千多页的课外书，一定能得奖了。

过去两个礼拜，爸爸也确实看见你每天才吃完饭，就抱着书看，爸爸还好几次对你说：

“刚吃完，应该休息休息，让血液去肠胃里工作。如果急着看书，血都跑到脑里去了，会消化不良。而且刚吃饱比较糊涂，读书的效果也不好。”

只是爸爸怎么说你都不听，才把书放下几分钟，跟着又拿起来。你读书的样子好像打仗似的，好快好快地翻。读完的时候还大大喘口气：“哇！我又读了一本。”

现在，爸爸终于搞懂了。原来你们中文班上有读书比赛，每个礼拜统计，看谁读得多。

爸爸不反对这种比赛，它确实鼓励小朋友多读不少中文书。只是，爸爸也怀疑你到底能记住多少？又读懂了多少？

如果你只是匆匆忙忙地翻过去，既不能咀嚼书里的意思，又不能欣赏美丽的插图，甚至不能享受那些故事、获得读书的乐趣。你读得再多，又有什么意义呢？

记不记得两三年前，有一次爸爸带你去“自然历史博物馆”，进门时，有人发个小本子给你，说“欢迎参加发现之旅”。

原来他们在博物馆各个角落，设立了许多站。每到一站就可以盖个章。一整本都盖满章的小朋友，则能得到一份小奖品。

爸爸也非常欣赏博物馆的美意，知道他们希望借着这个方法，使小朋友能到每个展览室去参观。

只是，那天没见到几个细细参观的小朋友，倒是见到不少家长，疲于奔命地跟着孩子跑来跑去——包括爸爸妈妈在内。

你也得到一份奖品。但你想想，我们去博物馆那么多次，你那天是不是最累？却也最没看到什么东西？

读书就跟到博物馆一样。你可以“精读”，从头到尾只待在一间展览室里，研究一两样东西；你也可以“浏览”，到处走走，遇到感兴趣的，就多读一下展品的说明。

读书也可以像是参加“发现之旅”的比赛。大家拼命读、拼命冲，比谁读得多、谁考得好。

只是到头来，很可能没见到多少、没学到多少，徒然得个“虚名”，却既浪费了时间又搞坏了身体。

在这儿爸爸要告诉你两句孔子说过的话——

孔子说：“把已经学到的东西，常常拿出来温习，不是很喜悦的事吗？”（语译）

孔子又说：“只知道学习，却不加思索，到头来等于白学；只靠思索却不去学习，则因为没有新东西，而变得危险了。”（译意）

在孔子的这两句话里提到了三个词，也就是“学”“习”和“思”。

“学”是指“学新的东西”。

“习”是讲“温习”，也就是把学过的东西再温习一下。

“思”是讲“思索”，让学习到的东西能在脑海里多打几个转，甚至引发一些自己的想法，产生一些自己的创意。

现在，爸爸要问你，你这个礼拜读了两千多页的书，算是“学”还是“习”或是“思”？

你的答案大概只有“学”吧！

孩子！你总是去图书馆，那里的书是不是好多好多，让你读一辈子也读不完？

如果有个人天天都去读书，一辈子读了几千万页的书，他还有时间写文章、写书，或把学到的东西拿来使用吗？

如果读书人都不能写书、不能用书，图书馆里还有新书吗？这世界上又还有人工作吗？

这也好比前两个月，爸爸说要种西红柿，从图书馆里借了七八本教种西红柿的书，如果爸爸一页一页看，只怕到现在还在读书，我们的后院又怎么能有已经红了的西红柿呢？

所以，书虽然不会动，像是“死的”，但是里面的学问是“活的”。

那活的学问又好像“种子”，你必须把它拿出来，播到土壤里，每天浇灌、常常施肥，才能长成果实。

如果你根本不把种子拿出来，或播完种，却忘了，任它自生自灭，长一大堆杂草，是不可能有好收获的。

孩子！爸爸不要你拿第一。只希望你做个快乐的读书人，而且快乐地读、快乐地用，常常温习、常常思索。

我希望你每星期只读一两本书，却能在读完之后对我提出很多自己的想法。甚至有一天对我说：

“爸爸！你看我也模仿那本书，写了一个小故事。我还画了几个插图呢！”

我们今天去示威

那些图片里被赤裸裸强暴、凌虐、屠杀的女人，有些才五岁。她们被欺侮，不是由于她们错，只因为她们是跟我们一样的华人。

今天早上，费妈妈先开车去接张爷爷，再到我们家接爸爸、妈妈、哥哥和你，然后开到法拉盛。

在一个小公园前面，已经停了两辆大巴士，我们跟好多不认识的人一起上车，开进城。

巴士还没到中央公园，已经可以看见许多华人正往那里走，有人举着旗子，有人拿着标语。

我们知道，大家都是去参加抗议“印度尼西亚虐华暴行大示威”的同胞。

哥哥今天有点感冒发烧，但他还是帮着扛旗子，又和张爷爷把我们抗议的标语打开；爸爸忙着跑到对面街头为整个示威的场面拍照，你和妈妈则跟着大家呐喊。

这虽然是你第一次参加示威，却也是爸爸妈妈见过的最大规模的华人示威。更难得的是这次没有任何政治旗帜，大家扶老携幼、出钱出力，只因为是华人，要为被迫害的同胞伸张正义，而自动自发地集合在那里。

这就叫作示威，我们要让印度尼西亚政府知道华人不是一盘散沙，华人是团结的。

记不记得，爸爸前几天带你到西红柿树下说的话？

爸爸说：“别看今年的西红柿长到九尺高，结了那么多果实，但是你往下看，这么大的树，其实都是从下面一根不到两厘米直径的主干发出来的。”

爸爸又说：“这树就好像我们家，不论长得多密，结了多少果子，都别忘了自己的根。”

今天，你看到的就是与我们有同样“根”的人，他们都在美国上班、上学，或者像张爷爷一样退休在家，可是大家今天都请假，赶到印度尼西亚大使馆前面参加示威。

我们的根是中华民族。

中华民族是世界上人数最多的民族，他们虽然分散在世界各地。但是在很早很早以前，我们的祖先都来自中国。

中华民族很能吃苦，很节俭，又爱储蓄，所以华人在世界各地，总是教育水平最高，也比较有钱的。

只是中国也因为过去千百年来常打仗，于是许多人都想“自己活着就好了，明哲保身最重要”，所以中国人也是很不团结的。

“一盘散沙”，就是外国人讽刺中国人的话。

但是今天我们用行动证明了中国人不再是一盘散沙，不但华人的开印刷厂免费印海报、开车衣厂的华人老板让员工放假，开食品店的华人捐饮料，华人商会包巴士，更有人专门开车去老人中心，载那些老人家。连上班族和伤残的老人都远远赶来。大家举着拳头，用最高声的呐喊，希望引起整个国际社会的重视，为我们在印度尼西亚的同胞主持正义。

孩子，虽然今天早上，妈妈已经对你解说为什么我们要去游行，爸爸在车上问你，你还是直摇头。

但是，当你到了那里，看见那些可怕的图片，你就懂了，

看这画面，你能不感动吗？当华人被欺侮时，你能噤声吗？

不是吗？

那些图片里被赤裸裸强暴、凌虐、屠杀的女性，有些才五岁。她们被欺侮，不是由于她们有错，只因为她们是跟我们一样的华人。

我们华人怎能不支持她们呢？

今天我们不为她们说话，改天我们被欺侮，又有谁为我们说话？

孩子！你还小，或许还听不懂爸爸说的话。

但是你问哥哥，记不记得他小时候，有一天我们在白人家门口打球，白人出来骂我们？

还有一次，白人开车向爸爸问路，爸爸不清楚，那白人居然骂爸爸是“清客（Chink）”。

连你妈妈，在学校做到入学部主任，都还是能感觉白人对她的不同眼光。

孩子！

有一天，你进入社会，就会发现这世界真是有许多不公平的存在。

但是爸爸希望你知道，当有一天，你因为自己是华人而被欺侮的时候，总能想起今天的示威，想起有那么多跟你一样，流着中华儿女血液的人，会为你声援。

你更要骄傲，当你小小的年纪，已经能站在印度尼西亚大使馆前面，为地球另一边的同胞，高喊：

“印度尼西亚政府——Shame on you！”

你那双可爱的小手

当我们开水龙头时，手上的细菌会沾到水龙头上，洗完手去关水龙头，就又把原来的细菌带回手上。

你还记得吗?

有一次我们全家去餐馆吃饭，爸爸先去上厕所，接着你要去，爸爸特别对你说:

“他们洗手池的旁边就有擦手纸，你洗完可以先拿一张纸擦干手，并且抓着那张纸，把水龙头关掉，再抓着那张纸把门打开。出门之后，右边就有一个垃圾桶，你可以把用过的纸丢在里面。”

当时你哥哥瞪大了眼睛说:“天哪！老爸从什么时候开始，居然有了洁癖!”

哥哥看不惯我这样教你，是有原因的。因为他像你这么大的时候，爸爸用了完全不同的一套教育方式。

有一次爸爸要他帮忙拔草，他伸出两根手指，一副连泥土都不敢碰的样子。爸爸一气，就用水和了一摊稀泥，又命令他把手伸到稀泥里。

爸爸也在大太阳天带着他去跑步，要他接受“男子汉的养成训练”。

那时候，咱们家附近有个湖，一棵杨柳树斜斜地伸向湖里，爸爸总是先小心地沿着树干往湖那头走去，然后要你哥哥跟过来。他小，害怕，不敢走，爸爸就骂他。

但是今天爸爸改了，也不全因为你是女生，或爸爸比较老，而是因为环境不一样，观念也不同了。

爸爸虽然还是带着你种菜，可是在挖土的时候，爸爸会要你戴上手套。因为近几年美国流行莱姆病。带莱姆菌的鹿虱常藏在泥土里，它钻进人体之后，会潜伏很久，造成许多问题，又不容易治疗。

爸爸当然更不会带你在大太阳下跑，因为现在地球的臭氧层被破坏，在烈日下待不了多久就会受到灼伤，而且以后很可能变成皮肤癌。

还有，爸爸也考虑到你是女孩子，皮肤的保养特别重要，现在科学研究发现最能造成皮肤老化的就是紫外线。

爸爸要你青春永驻，所以从小就得教你注意。

至于爬树、走独木桥这些冒险的事，因为你是女生，爸爸不会要你做。但爸爸跟以前教你哥哥一样，带着你打球。而且在你打不好的时候，会喊：“烂！”

爸爸这样做，是因为发现你太要强，平常又太受到大家夸赞，有输不起的情况。所以，爸爸必须要你学着输，并且在输的时候，还能稳得住，想办法“反败为胜”。

你或许要问，那么我何必每次盯着你洗手？我应该让你有机会接受不同的细菌，免得将来碰到脏的环境就生病才对呀。

不错！这是一种观念，也就是中国人所说的“不干不净，吃了没病”。当爸爸小时候，常看见孩子跌倒时，大人从地上抓一些土，往孩子的身上抹，甚至塞进孩子的嘴里，说这样能“收惊”。

也有人在出远门旅行的时候，带瓶故乡的泥土。到异乡一生病，就吃点“故乡土”，说能治疗“水土不服”。

现在人已经很少做这种傻事了，但是仍然有许多人认为多接触各种病菌是对的，连爸爸前几年都这样想。

直到后来爸爸读到一篇医学报告，里面统计了在脏环境和干净环境生活者的寿命。才知道：

一个人总是接触各种病源，固然可能比较适应，但是身体的免疫机能也会被破坏。这就好比许多人去印度旅行，都生病，甚至瘦十几磅回来，印度本地的人却并不那么容易生病。

只是印度人远不如美国人长寿。

甚至在美国本土，那些生活在较脏乱地区的人，也远不如干净地区的人长寿。

爸爸希望你健康长寿，当然要你有好的卫生习惯。

今天，爸爸说了这么多，是因我们在卫星新闻里，看见台湾卫生部门的官员教小朋友洗手。那位女士不但教小朋友怎么搓搓手心，搓搓手背，交叉搓搓手指，还要大家在关水龙头之前，先淋些水，把水龙头上的细菌洗掉，这不是跟爸爸教的道理一样吗——

当我们开水龙头时，手上的细菌会沾到龙头上，洗完手去关水龙头，就又把原来的细菌带回手上。

至于厕所的门把手，就更脏了。想想！有多少人上完厕所不洗手？又有多少人洗完手，湿着手去拉门？那门把手被千百个人摸来摸去，不是最容易滋生细菌吗？

亲爱的小女儿！你是女生，要比男生更注意清洁。因为以后你会比丈夫更多地接触自己的小孩，你可能帮他们准备食物，也可能要一勺勺地喂他们吃。

你会希望他们生活在最卫生的环境，长得健健康康，就像爸爸希望你能健康长寿一样。

所以从现在开始，你就应该养成良好的卫生习惯。

生日快乐！谢谢大家！

感谢父母生下我们，感谢师长教育我们，感谢大家的爱护，使我们的工作如意，也感谢老天保佑，使我们一家快乐健康。

今天是你妈妈的生日。

如同爸爸五十岁生日一样，妈妈要在家里简简单单地过。因为我们觉得生日真正的意义应该是感恩，而不只是庆祝自己的诞生。

这么说，你大概不懂，就让我给你说个故事吧！

记得不久之前，电视上播了一个医药的专题节目。

好多瘦得像是皮包骨的孩子，躺在病床上。

原来他们都是小小的糖尿病病人，当时没有药治，唯一的方法就是少给这些小朋友吃，使他们因为没吃东西，而不致血糖升高。

一直不吃，当然会弱。所以那些孩子后来都因为营养不良而死掉了。

直到有一天，发现了一种治糖尿病的特效药——因苏林（Insu-lin）。那些因为天生缺少胰岛素而得糖尿病的小朋友，才一下子变得能吃能喝，能跑能跳，几乎跟一般孩子没什么分别。

想想，如果你有位得糖尿病的同学，办个盛大的生日派对，他除了庆祝自己诞生，是不是也该谢谢那些医疗专家发现“因苏林”这种药物呢？要不然，他可能早死了，又怎么庆祝他的生日？

孩子，你要知道我们都好幸运，能活在这个时代。如果倒退一百年，人们的平均寿命就比现在少了二十多岁。也可以说，如果我们活在一百年前，可能你才出生，爸爸妈妈就死了。

你看看！美国的国父华盛顿，不是十一岁就死了爸爸？林肯不是九岁就死了妈妈？

所以，今天爸爸妈妈过生日，也该感谢现在的生活环境好、医药发达，使我们能健健康康地活到今天。

过生日，真是要感恩的。

感谢父母生下我们，感谢师长教育我们，感谢大家的爱护，使我们的工作如意，也感谢老天保佑，使我们一家快乐健康。

我们尤其要在生日感谢妈妈。想想，你生的那天，不是妈妈最痛的一天吗？

她腆着大肚子，十个月，然后痛得不得了，进医院待产一夜，再割一刀，把你生下来，是多辛苦啊！

同样的，爸爸妈妈过生日，也应该想那是你奶奶和婆婆最辛苦的日子，而好好谢谢她们。

所以，爸爸过中国人最重视的“五十大寿”的方法，是给奶奶一个红包，谢谢她怀胎十月，再忍着阵痛，生下了我。

爸爸又找了七个台湾的慈善团体，各捐了些钱过去。因为那是爸爸成长的地方，爸爸是喝那里的水、吃那里的米长大的。

今天，同样的，妈妈打了越洋电话给公公婆婆谢恩，爸爸送妈妈的礼物，也是以她的名义捐助台湾的慈善团体。

至于你和哥哥送妈妈的礼物，真是太棒了。

哥哥特别抱着厚厚的食谱，从波士顿赶回来，又出去买一大堆材料，做了顿丰盛的晚餐。

妈妈过生日，哥哥当大厨，妹妹作助手。

你则穿上围裙，充当助手，帮哥哥切洋菇和摆碗盘。

哥哥的手艺真不错，尤其那道用瑞士起司、番红花、紫苏、桂叶香料和鳕鱼做成的主菜，每块鱼都用细线缠着，那么精致而可口。

可惜你不喜欢瑞士起司的味道，吃完饭一个人坐在沙发上生气，爸爸一搂你，你就掉了眼泪说“好失望”。

而当爸爸说“你慢慢品尝，就能欣赏”的时候，你突然抬起头，大声说你要学着烧菜，下次由你动手，一定好吃。

谢谢你，小女儿！看样子，爸爸妈妈以后有口福了！

爸爸今天也特别谢谢婆婆，给爸爸生了个好太太。更谢谢你妈妈，那么大年岁还生了个好女儿。

快快乐乐地长大

我们无论环境如何，总要努力上进，就算因为条件不好，不能像别人一样有了不得的成绩，也要『开自己的花、结自己的果』。

爸爸种的黄瓜终于可以收成了。

今天下午，爸爸特别把你叫出去，先教你怎么摘，并且摘了一根给你看，又由你动手摘下一根黄瓜。

我们一人拿一根，得意地走进厨房，交给妈妈。

但是妈妈笑笑："才这么一点啊？"跟着，她转身打开冰箱，拿出七根好大好大的黄瓜，说：

"你们猜猜，这七根多少钱？"

我们还没猜，她又笑了：

"本来不打算说，但想想何必瞒你们呢？告诉你们，七根一共才一块钱。"

你和爸爸都怔了，觉得真不好意思，我发现你的脸都红了。

果然，你才走出厨房，就问爸爸："为什么我们自己种的这么差？”

现在让爸爸告诉你原因吧！

我们收成不好，是因为我们靠近海边，土壤的盐分重；而且院子的四周都是树，一天只能有三四个小时的阳光。黄瓜需要“全日照”，当然在我们的院子里长不好。

但是，让我们回想种黄瓜的这段日子——

爸爸先在屋子里的苗床上播种，看它们萌芽，长成十公分高，再移出室外。

种之前，爸爸先松了土，掺入牛粪，再在它们旁边插几根细竹竿。

每天一起床，爸爸就跑去看，看它们是不是又长高了。

爸爸发现它们刚被移到外面的时候，好几天都不长，仿佛小孩子刚进学校，很害怕的样子。

然后，它们长高些了，伸出细细的须，探索可以攀爬的东西。而当它们抓住那些竹竿的时候，就拼命往上蹿。

它们长得好快，叶子也愈长愈大，没两个礼拜就由地面爬到

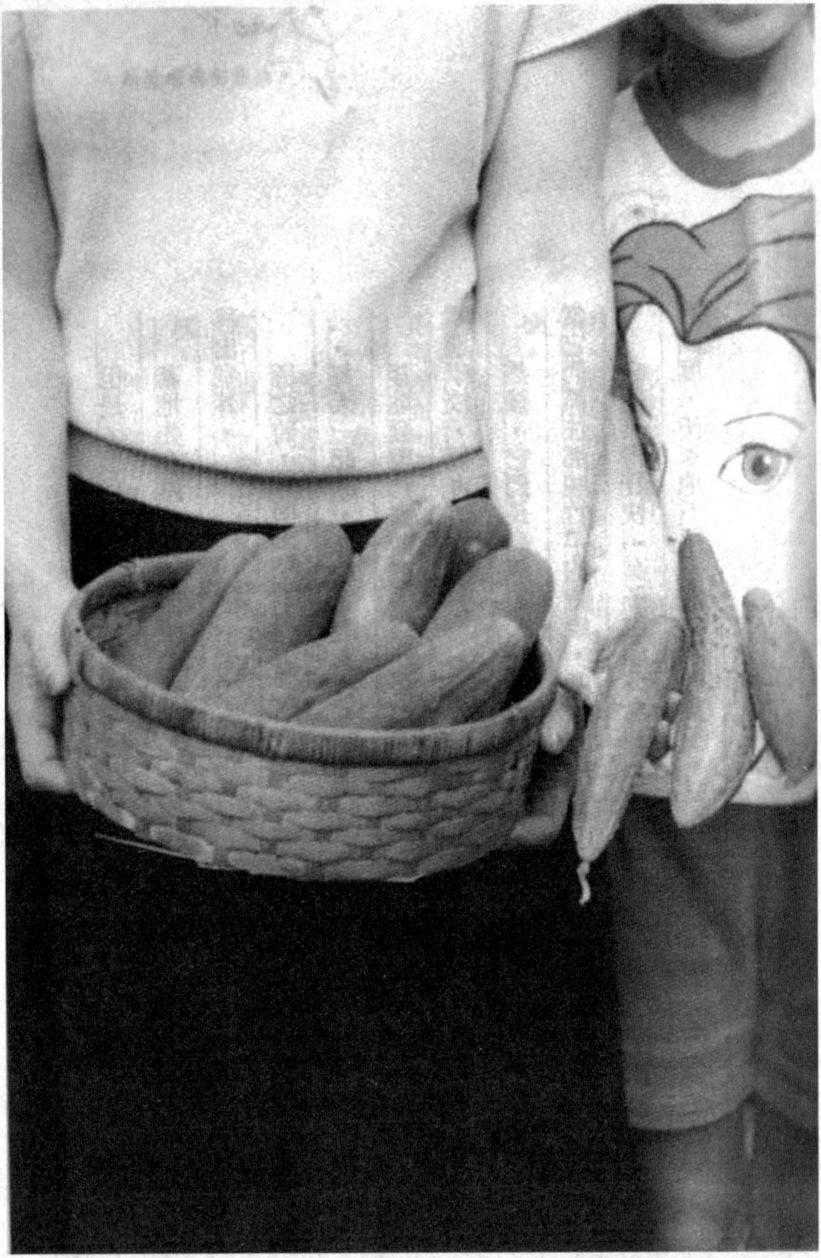

妈妈一元美金买七根大黄瓜，我们忙了两个月，才得到三小根。

爸爸的高度，使爸爸不得不为它们搭架子，又在架子上拉起一根根交织的麻绳。

多像孩子啊！它们抢着往架子上爬，而且争着往有阳光的那一侧挤。爸爸硬把一两根拉开，绑向另一侧，但是没两天，它们又爬了回来。

而且它们开了花，有些花开一下就凋落了；有些花则在枯萎的花蒂后面，逐渐长出个毛茸茸的小黄瓜……

过去这段时间，爸爸常常带你去看黄瓜藤，你每次都叫：“又长高了耶！”就好像附近的朋友，一阵子没见到你，便说你又长高了一样。

你有没有觉得爸爸种的黄瓜就像你呢？

它们小时候被呵护在温室里，大些时被送进学校，起初还怯生生的，渐渐熟悉了环境，则拼命往上冲。尽管环境不好，阳光不够，它们还是努力地争取，开出黄色的花，结出长长的果实。

孩子，当你听爸爸这段话的时候，不觉得很有意思吗？

你会不会也跟黄瓜学到了一些做人的道理——

我们无论环境如何，总要努力上进，就算因为条件不好，不能像别人一样有了不得的成绩，也要“开自己的花、结自己的果”。

而且，由爸爸种黄瓜这件事上，你也可以知道，我们不必什么都跟别人比。别人一棵黄瓜能长几十根，我们只能长几根，难道我们就不种了吗？好比你在游泳池里看见别的小朋友已经游得比你好，你怎么学都不可能超越他，难道你就不游了吗？

不！你还要种、还要游，因为人生最重要的不是目的，而是过程，在“种”与“游”的过程里，你可以得到许多快乐和启示。

一个完美的人生，不见得要有最多的掌声，也不见得要赚最多的钱，或有最了不得的成就。最重要的，是你的心灵世界必须丰富。

还有一点，你信不信？爸爸种的黄瓜一定比较甜。

因为爸爸没有施加化学肥料，也没有喷杀虫剂。它们都是在自然的环境里，快快乐乐地长大。

我喜欢你们画的妖怪

两岸，原来完全不认识的小朋友，甚至在网上交换了照片，成为『一起工作的好伙伴』。

今天晚上爸爸和妈妈，跟着你，到你学校参观。

你们管这种日子叫Spring Walkthrough，也就是任家长们走进学校的每个地方。我倒觉得有点像“成绩展”和“嘉年华会”，从某个角度又可以说是每个班级自我宣传的日子。

可不是吗！

导师们都站在教室里，招呼每位进来参观的人，解释他为什么那样教。

他们的教法也确实需要解说，很多事情爸爸就不懂，经他们解说之后，才知道，原来我认为不对的教法，都有它们的道理。

譬如我看你们的科学展，觉得多半的东西都不完整，明明说是表现惯性定律的作品，但是才动一下，就不堪一击，全散了。

老师则说得妙——

那是小朋友发挥想象力的地方，所以即使一个三年级的孩子，说要制造一个录音机，老师也会教他做，只是让孩子了解录音机的基本原理，其余的全凭想象。于是七拼八凑，说是录音机，却根本不能用。

“不要让孩子太小就变得现实，在他们小时候，不要拘束他们的想象力，谁知道有一天，最先登上木星的宇宙飞船，不是由他们制造的呢？”老师说得真有意思。

而当我责怪为什么才小学一年级，就教你们锯木头，实在太危险的时候，老师则说：“这世界上充满危险，不懂才危险，懂了就不危险了。与其过度地保护他们，什么都不让他们动，不如在旁边小心指导，教他们怎么做。”

于是，爸爸了解美国小学的教育，不是“往里收”的保护，而是“向外发展”的指导。

这一点最能表现在你们四年级和五年级合班（Interage）的构想。

当爸爸走进那间特大的教室，知道你们学校居然有一班，是

这个大教室是专给四、五年级合班上课用的。美国采取因材施教，一桌又一桌、一组又一组，一个教室里可以有十几张大桌子。

把四、五年级的学生放在一起上课时，真吓了一跳。

天哪！这是学生或老师不够的学校才用的方法，为什么在你们这个被选为全国最优良的学校里也采用呢？

那位指导教师则笑着跟大家分析：因为我们的社会，并不是人人一样。人本来就有学力、智商的差异。所以试着在小学就创造这么一个环境，使四年级资优的孩子能提早接触五年级的功课，五年级的孩子又能随时当小老师，帮助四年级的学弟、学妹。

据说教学的效果相当好呢！

“尊重每个学生的个别才能，也使大家融合成一体。”这种做法似乎在你们的学校处处都能见到。

同一个班级，一方面不分名次，一方面又把小朋友分成许多组，按不同程度，给不同的教材。那些组都不用“高级”“中级”“初级”的名称，而采取不同的怪名字，使程度低的小朋友不会觉得自己不如人。

此外，对程度更高的学生，学校里还特别开了每星期一次的IP 工课程。像你，这学期就学了“文艺复兴”。

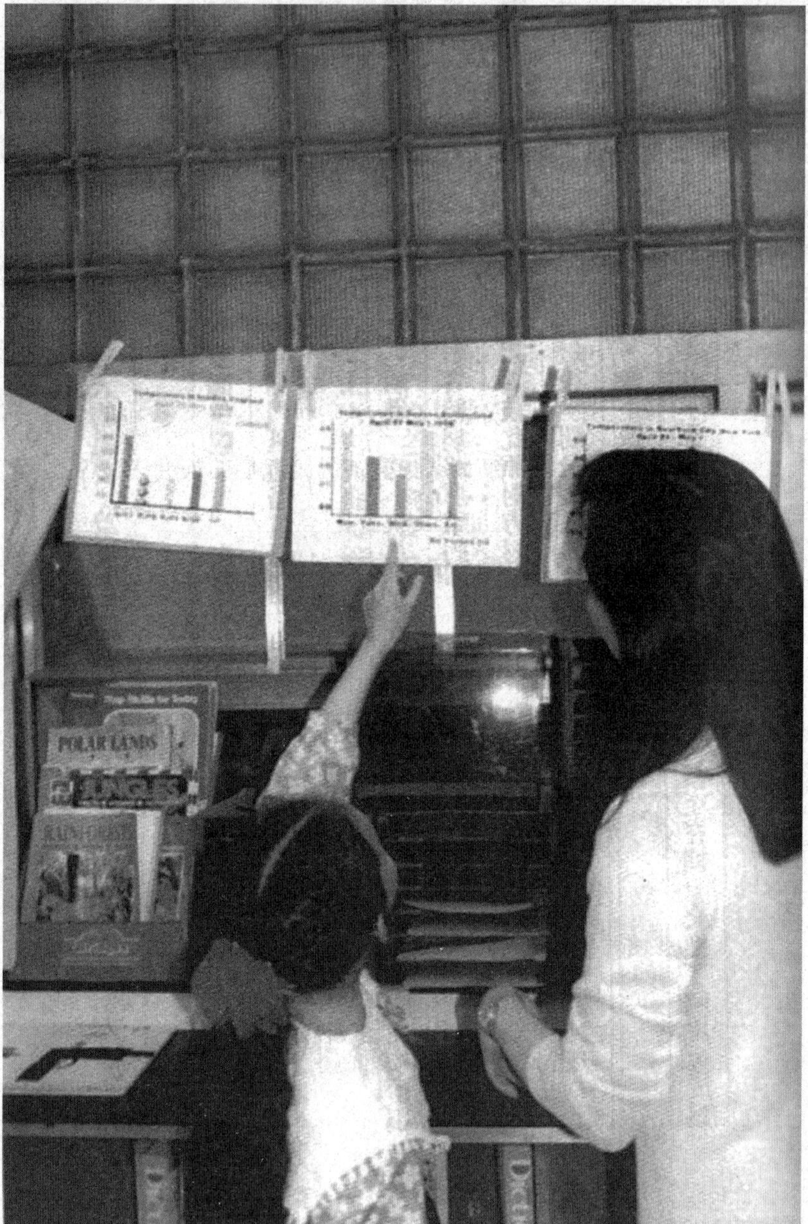

看！这是我做的瑞士日内瓦 4 月 27 日到 5 月 1 日的气温比较。

甚至在那“文艺复兴”的课上，还要分组，有人学习造纸，有人学着制陶，你特别带我们到你做的陶壶前面，得意地介绍一大堆——为什么壶的把手要扭转，为什么壶身要做成鸡的形状。

爸爸现在也了解，为什么以前你去“大都会美术馆”对文艺复兴期的陈列室不感兴趣，现在却能待在里面不想出来了。

“做个世界人！”

当你哥哥念小学的时候，他的老师对我这么说。

而今在你们的作业上，又一次看到。只是早年计算机还不普及，现在你们则一人一台。

于是我们见到小朋友分组，用计算机作“比例”。据爸爸了解，这进度跟中国台湾的小学生完全一样。

只是，你们可能做的内容比较不同，居然用伦敦、日内瓦和纽约，在今年四月二十七日到五月一日这五天的气温来做比例图。

你指着自己做的日内瓦气候分析，告诉我和你妈妈：“看！日内瓦这几天的温差，差了十三度。怪不得我们去年到那里又冷又热的。”

整个参观下来，你知道爸爸最感兴趣的是什么吗？

是你们班通过计算机网络和加州某所学校的一个班级做的“妖怪”游戏。

“两边”的小朋友，各自分成五组，画出五个不同的妖怪，再用文字形容给网络那头的小朋友看。

接着彼此照对方形容的，画出“他们说的妖怪”。

最后，则是谜底揭晓的时候，大家把画好的妖怪都传给对方，比比看，像不像？

两岸，原来完全不认识的小朋友，甚至在网上交换了照片，成为“一起工作的好伙伴”。

走出学校，爸爸要说：

爸爸真是不如你了，爸爸不会做陶，不会用计算机画比例，甚至刚学上网。

你，虽然小，却已经走在父母的前面。

你们的老师真伟大，他们带着你们走，把你们的眼光放远，把你们推向未来充满挑战的世界。

当家里失火的时候

当时不在家的父母，赶回去的时候，已经是一片熊熊的火光。做爸爸妈妈的想到孩子正在二楼睡觉，两个人发疯似的冲进去救，全死在了里面。

爸爸今天特别带你到前门，指着对面人家的石柱对你说："如果咱们家失火，你一逃出来，就要到这个石柱等着，千万别乱跑，也千万不要因为没见到爸爸妈妈，又冲进失火的房子里找。"

爸爸也在晚餐时，对家里的每个人说了一遍。

爸爸为什么要特别指定一个地方，叫大家在失火时集合呢？

因为爸爸在昨天的报纸上看到有一家失火，当时不在家的父母，赶回去的时候，已经是一片熊熊的火光。做爸爸妈妈的想到孩子正在二楼睡觉，两个人发疯似的冲进去救，结果全死在了里面。

他们哪儿知道孩子早逃了出来，正躲在后面的街角呢！

这个悲剧就是因为他们家，在事先没有指定一个集合的地点。我们甚至可以猜想：千百年来不知有多少家庭因为同样的原因，而造成同样的悲剧。

对火，爸爸特别敏感。

因为爸爸小时候家里失火，爸爸冲过一片烈焰逃出来，连头发眉毛都烧掉了。

当时爸爸只见眼前一片红、一团热。跑到院子中间，喊“失火了”！却怎么喊也喊不出声音。

幸亏那天奶奶不在家，如果她在，又没约好“集合点”，她说不定也会冲回火场。

火场是很可怕的，因为火就像水，它会流动。它能偷偷沿着屋顶烧，当窗子被烧破，火苗得到了足够的氧气，则会突然爆炸。

所以失火的时候不能随便开门开窗，以免原来闷烧的小火苗，一下子蹿大。

咱们家是平房，还好办，因为四处的窗子都能逃生。

但是当有一天，你在大楼里，发觉从门缝冒进浓烟，你就要小心了。在你开门察看之前，一定要先摸摸门把手，如果把手很

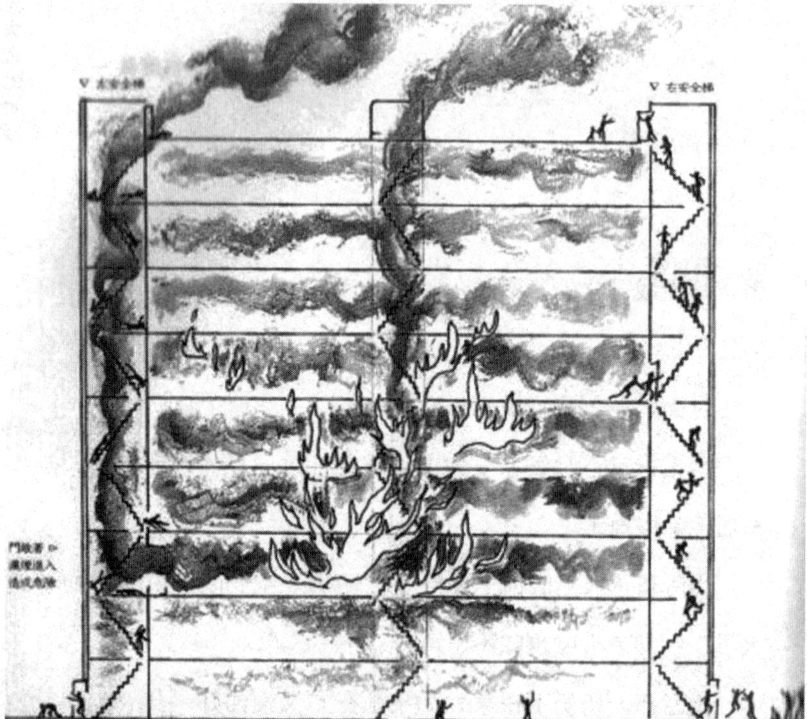

（上图）只因为三楼左边的安全梯门平时是敞着的，一朝失火，安全梯就成了烟囱。相对地，右侧安全梯门开启之后，都能自动关闭，使浓烟无法进入，大家则可以安全地逃到地面或屋顶，等待救援。

（下图）火场中由于热空气上升，大量浓烟会漂浮在离地面 30 公分以上的地方，可以用充满新鲜空气的透明塑胶袋罩着头，或用湿布捂着鼻子，低姿势快速逃离。

烫，千万别开门，因为表示里面已经在闷烧，你一开门，就可能爆炸。

即使把手不烫，爸爸也建议你蹲下来，慢慢打开门，免得有突然袭来的热气和黑烟。

当有浓烟时，你要把姿势放低，沿着墙边爬，因为烟轻，总在上方，你爬行的时候，比较不会被呛着，到了没烟的地方则要飞奔。

但记住，不可坐电梯，因为“热感应”的电梯，常在失火的楼层开门，或由于停电而卡在半空。此外，如果你在一个有许多房间的大楼里，跑的时候，要一边跑，一边把背后的门关起来（不是锁起来，免得影响别人逃生）。因为这样可以延缓火势的延烧，使你有较多的时间跑。

安全梯应该是最好逃生的地方。这也是为什么每次旅行，爸爸一进旅馆房间，先会在门背后的“逃生地图”上找出“安全梯”位置的原因。

你总要设想：如果半夜失火了，完全没了电、没了灯，连安全梯的紧急灯都失灵了，我能不能靠摸的，摸到安全梯。

所以你要用最简单的方法，记住逃生的路线，譬如“出门左转，直走，到底，左边就是安全门”。

但是安全梯也可能不安全，这是你必须知道的。

尤其当你到那些“寸土寸金”，法令又不严谨的地方旅行，更要知道，他们为了利用空间，也可能因为人们没有“安全梯”的观念，常常不但在安全梯里堆东西，而且平时把安全梯的门开着。

如果你在一个大楼里，当更高的楼层失火，而且安全梯门开着，你还可以利用安全梯。但是当低楼层失火，那里的安全梯门又开着，你大概就不能走安全梯了。因为浓烟会由那里钻进去，往上蹿升，使上面每一层的人，都可能被熏死在里面。

所以进安全梯之前，一定要看看里面有没有浓烟。

浓烟是跑得很快的，而且燃烧地毯和塑料建材的烟有剧毒，你只要吸几口，就会晕倒。

除非你戴上防毒面具，或早早就准备了透明的塑料袋套在脸上。当然用弄湿的毛巾、手帕，捂着鼻子，也有一点作用。

这也是为什么爸爸每次住旅馆，晚上洗完澡，都不把浴缸水放掉的原因。不是爸爸没有好的生活习惯，而是由于那缸水很可能会救命。

想想，先用毛毯泡进浴缸弄湿，再披在身上，不是可以挡一下火焰吗？

这世上有多少父母就是把孩子包在湿的毛巾、毛毯中冲出火场。那些父母常受了灼伤，甚至送了命，而他们的孩子却能毫发无伤。

当爸爸在旅馆留下那缸水的时候，总想到那些伟大的父母。

当有一天真遇上失火，爸爸也会那么做。

所以，今天我特别叮嘱你：

“记得哟！逃出火场，立刻到对门人家的石柱下等着。免得爸爸妈妈以为你还在屋里，免得人间又发生一桩不该发生的悲剧……”

刘墉家书

怎样成为小作家

你一翻白眼，理直气壮地说：『老师说了，多么小的作家，都该被尊重，不能随便「偷用」我们写的东西。』

这个暑假以来，每个星期四，你都和妈妈匆匆忙忙地吃完晚饭，赶去小区图书馆，参加“制作一本书”的活动。

这本书显然是慢工出细活的，老师先发给你们每人一本教小朋友写书的“指导手册”。

大家看完之后，则要每位小朋友构想一个自己要写的故事，并且在草稿纸上写出来，交给老师批改。

对了！你们不管那叫“批改”，因为老师尊重每位“小作家”，她只改文法和拼字的错误，其余的全让你们海阔天空地“创作”。

接着的一个礼拜，老师教你们排版设计（lay out），先发一张白纸，要你们画上许多小格子，代表书的每一页。再教你们在第一个小格子里写书名、第二个小格子里放版权，第三个小格子以后才是你们的故事，故事完了，还有一页是作者介绍。书的最前和最后，则要安排各两页的空白，代表“蝴蝶页”。

记得那时候爸爸问你：“你这么小，还有版权页啊？”

你一翻白眼，理直气壮地说：“老师说了，多么小的作家，都该被尊重，不能随便‘偷用’我们写的东西。”

爸爸又问你：“何必先画小格子，为什么不直接写在纸上？写几页是几页，本来就有人的书薄，有人的书厚嘛。”

你则说老师讲了，出版一本书一定要有计划，写多少字、多少页，用多少纸，都得在计划中，还说：“老师讲了，没有计划的人，不容易成功”！

接下来的那个星期，老师终于发下“正式的纸张”，规定大家先画横线，算好每页写几行，并且留出插图的位置之后，才能开始写字。

为了整齐，你们得先用铅笔轻轻写一遍，再用深色的笔照着铅笔描，而后把下面的横线和原来铅笔的痕迹擦掉。

再下来，则是画插图了。

画插图是最自由的，你们可以尽情地用自己的方法去表现。事先预留的空间大，就画大一点；事先在文字当中留下小小一块，则在那小地方画个小东西。

老师说这样才生动，而且有节奏。

整本书都写完画完了，下一步工作则是装订。

那个礼拜因为奶奶和公公过生日，你不能去，老师特别另外安排一天教你。

她先发一张厚厚的彩色纸给你，教你怎么放在书的外面，又用粗粗的针，穿上线，教你把书的每一页缝在一块儿。

她又要你挑两张彩色的厚纸板，教你把最外面的两页分别粘在厚纸板上，再用宽的彩色胶带把书背粘好，并且画上封面，作品就真正完成了。

今天晚上，爸爸妈妈一起陪你去图书馆。

教室里挤满了家长和小朋友，桌上则陈列了你们的成果——出自十二位小作家的十二本漂亮的精装小书。

被点到名字的小朋友，一个个上台朗读自己的作品，而且每读一页，就把书翻过来，举给大家看上面的插图。读完之后，则可以从老师那儿领到一张“小作家证书”和一个“小作家”的别针。

爸爸看到，每个小朋友拿到证书的时候，眼睛里都闪着特别的光亮。

可不是嘛，整整一个暑假，两个月，一点一点学，一点一点做，甚至做坏了重做，终于把书“出版”，而且当众发表，这不是你们生命中最可爱的经验之一吗？

谁敢说，你们不会因此而在心里留下深深的印象与强烈的自信，以后成为一位成功的作家呢？

可爱的孩子，你知道爸爸像你这么大的时候，也自己编写过一本小书吗？

只是，爸爸得意地把那本书给老师看的时候，老师才看了一页，就说：“你说你坐火车去阳明山？”

“是啊！”爸爸得意地说。

“阳明山根本没有火车，你写得不对！”老师没再往下看，冷冷地把书还给了爸爸。

爸爸那时候真是伤心极了。

所幸后来爸爸编了高中校刊，也得到很好的老师指导，学到许多编书、写书的方法。

靠着那时候学的，爸爸居然一步一步地成为一个作家，也成为一个出版人。

而你，这么小，已经得到一位好老师，学到了那么多，将来不是更会成功吗？

发表会之后，所有的家长和小朋友都去楼上参加茶会。

爸爸看到你们一个个彬彬有礼，做成小大人的样子，捧着自己的书与大人寒暄。每个大人都尊称你们为“小作家”，向你们请教写作的方法。

爸爸则要跟你打商量：

“你的这本处女作，送给爸爸收藏，好不好？”

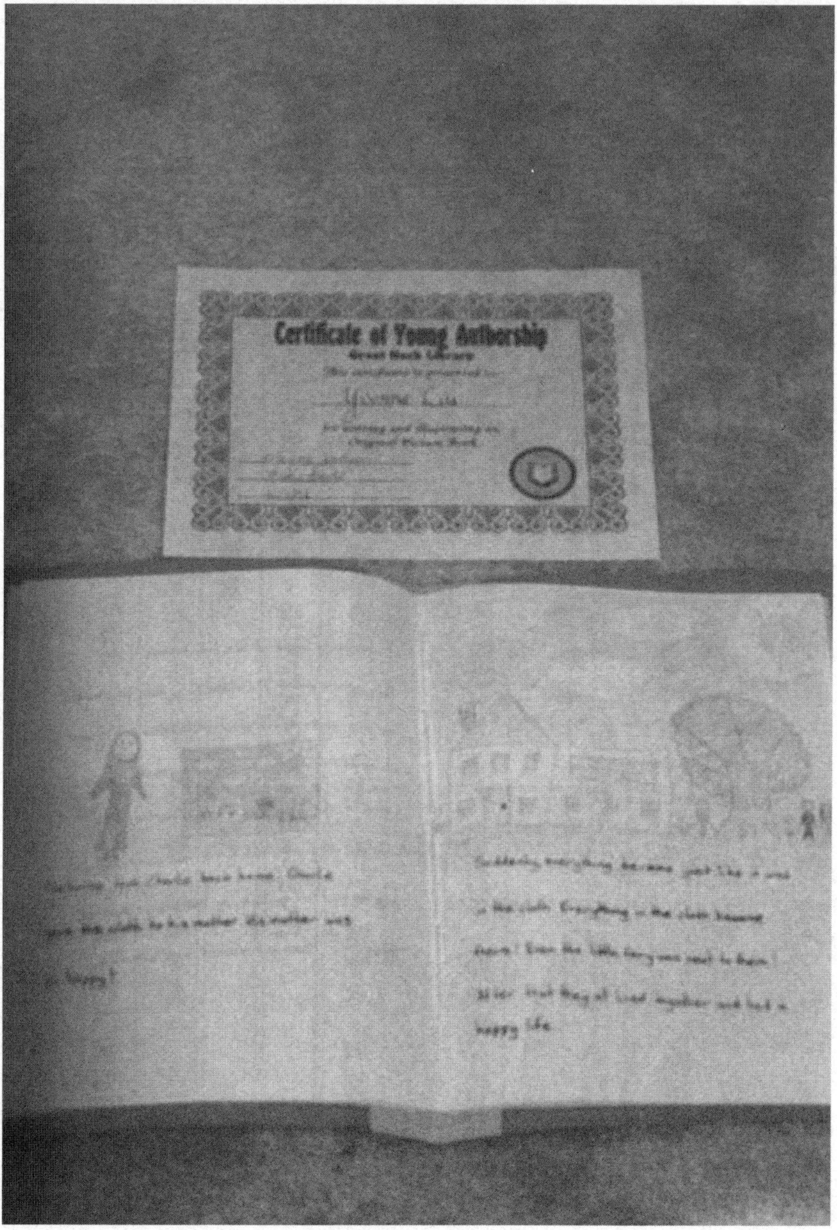

每个小朋友在完成“自己的书”之后，都能得到一张由图书馆发的“小作家证书”。

爸爸总等你归来

你有了小小的野心，你有了沉重的心情，你开始会有得有失，对人生有更多的悲与喜了。

今天下午，你要参加钢琴比赛，一早，妈妈带你去洗头。

我特别追个电话去，问要不要回程顺路到“梅西（Macy）”为你买双新鞋？免得穿那旧鞋，太寒酸。

但你妈妈说这是比赛，只有评审在场，并非音乐会的演出，穿随便一点反而没有精神压力。

可不是嘛，记得爸爸小时候，大家都迷信如果穿新衣服去考试，会考不好。大概心里挂念着新衣服，唯恐弄皱了这儿、弄脏了那儿，分心，所以考试容易不专心吧！

因此，爸爸没有坚持，只在心里决定，等比赛完，要为你买双漂亮的皮鞋。

你回家时，爸爸正站在门口，你和妈妈都很诧异，因为爸爸平常是不会那么早起床的。即使有事，醒来打个电话，还是会继续睡。无怪妈妈笑问，爸爸是不是出来迎接？

你梳了一个好漂亮的头，爸爸跪在玄关，抱着你看，你又长高了，以前爸爸跪着正好看你脸。现在，却不及你高了。

“这是谁家的漂亮娃娃？”爸爸问。

你指了指爸爸。

吃完中饭，你就跑去练琴。

第一首，弹《送郎》，说实在话，有点浮。不知是不是因为你紧张，所以我坐在一边低头看报，没像昨天晚上，大声为你鼓掌、叫好。

第二首，你弹《天黑黑》，比《送郎》稳多了，但是有点快，中间还漏了两个音。

“太快了！”你自己说。妈妈也过去说：“是快了。”

爸爸则说：“记得你哥哥以前参加比赛也一样。还有，爸爸小时候参加演讲比赛，准备五分钟的稿子，到了台上就变成四分钟。都是因为心里急，一急就快。”

所以，爸爸跟你说，心里总要有个节拍器，不断告诉自己：稳住！稳住！

正说着，你突然哭了起来。爸爸为你擦眼泪，才擦完，又流下，你就自己抓了纸擦。

“用蘸的，不要横着擦。”爸爸叮嘱你：“别把眼睛擦伤了。”又安慰你：“别紧张，想想爸爸昨天晚上对你说的，你第一次参加比赛，以前从来没得过奖，就好像‘没尾巴’的人，关门时不怕夹到长长的尾巴。你没有心情的包袱，不会像关颖珊，冬季奥运得银牌，还伤心。”

当然，爸爸也说：“如果你得了大奖，以后有尾巴，心情就沉重了。”

爸爸送你到门口，又告诉你：爸爸从小喜欢画画，由小到大，每次画画比赛都去参加，一直到高中，没有一次得奖。但我还是不断参加，从来没因为挫败而失去信心。爸爸不是后来常常得奖，而且进入师大美术系，成为所谓名画家吗？

所以，你把比赛当成练习就成了，不要期望太高，也不要有任何精神的压力。

妈妈开车带你出发了，爸爸看车子消失在巷子一端，心里为你祈祷：愿上帝祝福你。

突然，爸爸有个好特别的感觉，觉得你一下子长大了，要带着忐忑的心情，去面对人生的战场了。你有了小小的野心，你有了沉重的心情，你开始会有得有失，对人生有更多的悲与喜了。

但，无论悲或喜，你总是爸爸的小小天使，爸爸总等待你的归来，给你紧紧的拥抱……

神会保佑谁

如果参加考试的人都拜同一个神，到底神会保佑谁呢？当然，会保佑那个比较用功的。

昨天晚上，我特别延后打电话去台北，好把“线”空出来，使外面的电话能拨得通。

过去我和你妈妈接电话的速度都很慢，还常怨别人专在我们吃饭的时候来电，但是昨天不一样，我们都急着去接，甚至两个人在不同房间同时拿起电话筒。

你在楼上做功课，还开着你最心爱的小喷泉，一副很轻松的样子，但是爸爸知道，你一定也竖起耳朵，听每一通电话。

当我们先说Hello，又改为说国语的时候，你一定很失望。其实爸爸妈妈也很失望，因为那不是钢琴比赛主办单位的电话。

昨天晚上，是成绩揭晓的时候，只有得第一名的人才会得到通知，所以，我们希望，又失望了。

上床时，你照例来亲我，道一声“爸爸晚安”，你装作若无其事的样子，爸爸也没有提。

其实爸爸早就不认为你能得奖，那么大的比赛，你又没下很大的功夫，凭什么让你抱走奖牌呢？

所以爸爸这两天不断跟你说，能参加就好，不要指望赢。

爸爸也告诉你，有好多小朋友，在你这个年岁，就告别父母，一个人以资优小天才的身份到美国来，住在外国人的家里。

他们虽然小，但是知道父母省吃俭用，送自己出国找名师，就是为了学好音乐。所以他们一天练琴常常超过六小时。

如果他们也参加了比赛。

你说，应该是他们得奖，还是你这个一天只练一个小时琴的孩子得奖呢？

记得爸爸小时候，每次考试都祈祷，希望上天保佑我考得好。可是后来，爸爸一天天长大，就想：如果参加考试的人都拜同一个神，到底神会保佑谁呢？

当然，会保佑那个比较用功的。

“天助自助者”，上天帮助那些“先能自己帮助自己的人”，就是这个道理啊！

相信你还记得，去年去欣赏那些得奖孩子的演出，与你同龄那组的第一名，演奏的是巴赫的Prelude and Fugue in C minor，Book Ⅱ，当你后来告诉你老师的时候，他不是惊讶地说：“天哪！那么小，怎么可能弹连大人都难以应付的曲子！”

但是，那个中国大陆来的小男孩，不是就在如雷的掌声中，作了完美的演出吗？

如果这次比赛又是一个像这样的孩子得奖，你能不输得心服口服吗？

你安安静静地去睡了。

不知道你会有怎样的梦，梦见赢了，还是输了？

我只想告诉你，我们会在挫折中长大，而不一定在成功中长大。因为成功常使我们自满，挫折却使我们知道“自己不如人”。

“不如人”会更努力，更努力就能成长。

我也要告诉你，梦到的成功不算成功，梦中的失败也不是失败，只有睁开眼睛时的成败才是真的。

等到夜深了，爸爸才拿起电话，打回台北办公室。

一边拨越洋电话，爸爸一边想——

这时候，会不会也有一个漂洋过海来的小孩，兴奋地打电话给他的爸爸妈妈，大喊：“我钢琴比赛得奖了！”他们一家会不会在电话两端激动得哭泣呢？

我们不是该为他们感到高兴吗？

有爸爸多好

只要有爸爸妈妈活着，不论过得多苦的小孩，都是幸福的。

这世上每个父母健在的孩子，都该谢谢老天！

今天早上你到客厅一定觉得很奇怪——沙发不见了，原来挂在火炉上的油画，换成了爷爷的照片，架子上的摆设也移到了地面，换成两瓶菊花和百合。

中午，爸爸妈妈叫哥哥和你穿整齐，一起到爷爷的照片前面行礼祭拜。

因为今天是你爷爷逝世四十周年。

爸爸和妈妈先跪下来，由爸爸对着爷爷的照片说话。

爸爸停了半天，没能说，你大概觉得很奇怪。然后爸爸开口了，只是那声音因为哽咽，你很可能听不清楚。那么让爸爸告诉你，我说了什么。

我告诉你爷爷——奶奶身体健康，九十一岁了；妈妈非常贤

今天是爷爷逝世四十周年的祭日，我们挂出爷爷的照片、插上鲜花，一起来行礼。

惠孝顺；哥哥很快要拿哈佛的博士了；你又那么聪明漂亮，希望这一切能安慰爷爷的在天之灵。

爸爸又说："四十年了……"只是说到这儿，就泪如雨下，再也说不下去。

爷爷已经过世四十年了，他死的时候爸爸才像你这么大。

但是四十年来，爸爸总想到他，尤其你诞生之后，更勾起好多爸爸的回忆。

当爸爸为你用两只碗，把热汤倒来倒去，好让汤早一点凉，喂你喝的时候，爸爸想起这是爷爷用的方法。

当爸爸为你表演削苹果皮，试着削成一长条，一点也不断的时候，想到这是爷爷为爸爸表演过的。

当爸爸把你搂在怀里看书，又把腿伸直了，让你溜滑梯、骑大马的时候，爸爸想到那正是爷爷做的。

当你在车上睡着，爸爸把你抱下车的时候，爸爸就想起以前睡得模模糊糊，梦见自己在飞，睁开眼，看到爷爷的下巴，他正气喘吁吁地把我抱下三轮车的往事。

让爷爷抱在怀里的感觉好暖；让爷爷扛着，从高处看的感觉好高；睡在爷爷旁边，让爷爷扇着扇子睡着的感觉好凉快……

每一件爸爸为你做的小事，都让我想起你死去的爷爷。

所以今天爸爸说到“四十年了”就止不住地落泪。

爸爸哭，因为哭爷爷死得太早，不能跟我们一起过好日子；也因为爸爸想起爷爷对爸爸的“好”，以及爷爷死后爸爸可怜的遭遇。

有爸爸多好！

如果爷爷不那么早死，爸爸的家说不定不会失火，即使失火之后也能重建，不致被赶到火车轨道旁边的违章建筑区。

如果不住得那么脏，说不定爸爸也不会得气喘和肺病。

有爸爸多好！

你知道，爸爸每次抱你、宠你的时候，都会羡慕你有个健康的爸爸吗？

爸爸像你这个年岁的时候，已经披麻戴孝，手里拿着一根“哭丧棒”，一家家去报丧了。

到每个叔叔伯伯的家里，爸爸就跪下，哭着对他们说："我爸爸死了！"

所以爸爸非常注意身体，几乎谢绝一切应酬的饭局，爸爸也按时运动、做健康检查。爸爸有个心愿——我要好好活着，别让我的孩子早早没了爸爸，别让我的太太早早没了丈夫。

祭完爷爷，下午我们一家出去看了迪斯尼的卡通片《花木兰》。

片子一开头就看见花木兰的爸爸对着死去的父亲母亲爷爷奶奶，还有更早的爷爷的爷爷和奶奶的奶奶的灵位祈祷。

爸爸觉得这个戏很有意义，尤其对哥哥和你，让你们知道中国人对祖先的尊敬与崇拜。

我们中国人不但对自己、对这个时代负责任，而且要对死去的亲人负责。所以每次爸爸去爷爷坟上扫墓，都会像花木兰的爸爸一样，对着爷爷的墓，报告家里的一切，包括你得了各种奖。如果爷爷地下有知，他一定会为你鼓掌的。

所以有一天，爸爸和妈妈死了，希望你也能把自己的一切，和你孩子的表现告诉我们。

无论这世界上有没有灵魂，也不论死者是不是真能听到，我们中国人总在心里有一根长长的线，牵着上一代与下一代，我们总祈祷死去的亲人保佑他的儿孙。

晚上，你先去睡了。

爸爸和妈妈在客厅，爸爸不好意思地问妈妈：

“今天我忍不住，在孩子面前哭了。女儿有没有觉得好奇怪？看我下跪磕头，她有没有问为什么？”

你妈妈摇摇头说，没有，只说你非常了解爸爸为什么哭，因为你说：“爸爸死了，会多伤心哪！当然会哭啊！”

可不是嘛，只要有爸爸妈妈活着，不论过得多苦的小孩，都是幸福的。这世上每个父母健在的孩子，都该谢谢老天：

“谢谢老天！让我在母亲节和父亲节，都能戴上红花。谢谢老天！让我的爸爸妈妈都健健康康地活着……”

后　记

成长是学会一种关怀

当这本书完成的时候，我问为我校对的秘书，她有什么感想。

“我非常喜欢，只是……”她迟疑了一下说，“书里好像写你的女儿常掉眼泪。”

“掉眼泪？”我吓一跳，“我的女儿几乎是不哭的。”

“但文章里确实有不少写她掉眼泪。”秘书笑笑，“令人看了好心疼。”

“真的吗？”我关起门，把书又翻了一遍，发现果然有不少地方写到女儿伤心。

可是，为什么在我的印象中，女儿从来不哭呢？从小我几乎没骂过她一次啊？

我想想，想通了，其实她常为撒娇掉眼泪。

如我太太所说，许多情况，在妈妈面前，女儿若无其事，到了我面前就要“作怪”。

我似乎对女儿没什么办法，远不像对儿子那般强势。可是又想：疼孩子、宠孩子，只要不溺爱，不也是美好的事吗？

我常对台湾地区的朋友说：

“人生太辛苦了，就让孩子的童年快乐些吧！”“那么小的孩子，为什么让他们带着泪上床？”

我这么说，是因为常在深夜还见到邻居窗前，荧荧一灯下，有个赶功课的娃娃和旁边喝斥的父母。而那娃娃可能才不到十岁。

当西方世界孩子都抱着玩偶上床的时候，为什么我们要自己的孩子带着“明天考不好就回家挨打”的压力上床？

所以我也常对亲友说："孩子如果做十道题，答对三道。与其责骂'你这么笨，才会三道题'，何不用正面的方法说'你真不错，答对了三道题，既然能答对这三道题，多努力一下，别的也就都会了'。"

不久前，我也写了一篇文章《你不疼他谁疼他？》。可不是嘛，孩子是我们生的，他错了，你不原谅他、不帮助他，还指望别人吗？当有一天全世界都不肯定他的时候，你是加入那些人，一起骂，还是帮助他站起来？

对不起，跟我以前写的《超越自己》《创造自己》《肯定自己》比起来，我这本《做个快乐读书人》好像太宠孩子了，但我也要说，我只是换个视野与心情。同样是"期许"，只是方法不一样罢了！

谈到"视野"，我面前正放着一摞稿子，是儿子的一位哈佛博士班女同学写的。

这位金发女生，一个人，居然由土耳其的伊斯坦堡，往东，穿过中亚细亚，到乌兹别克，再进入中国的乌鲁木齐，坐火车、坐汽车、坐野鸡车、骑脚踏车，穿过神州，到台湾，且步行横贯公路，住到天祥山头的小教堂。

读她的游记，让我几度落泪。心想，如果她是我的女儿，一个人去冒险、饿肚子、生病，连一百五十块钱台币的东西都舍不得吃，住在十几人一间的小旅店，我会多不放心啊！

那是个独生女，她居然在中亚突然决定穿越中国，打了个越洋电话给她美国的老爸，就走了。

我心想，如果我是那个父亲，我非急死不可。

她的爸爸确实急死了。但是当我问她“回家之后，你爸爸一定狠狠骂了你一顿”的时候，她居然一笑，说：

“我妈妈做了丰盛的一餐给我接风，我爸爸则说他正计划带我妈妈到中国去玩玩。因为他们的心已经跟着我游了中国，他们开始关心那块土地与人民，他们要去看看女儿走过的地方，感觉一下女儿的心情。”

她父亲的这段话常盘旋在我脑海。我检讨：“我们是应该让孩子海阔天空地去飞，而且跟着他们，放大自己的视野与胸怀，还是把他们留在身边，保护得像个瓷娃娃？”

在这本书排版时，我正准备去中国大陆一个多月，由西安、成都、昆明、北京、上海、杭州、常州到合肥，我想这些地方都可能是我的孩子以后要去的，也是我该关怀的。

所以我今年除了用中国大陆的版税捐助当地的失学孩子。并决定明年在偏远的彝族地区，捐建一所希望小学。

同样的，水云斋今年安排了刘轩去马来西亚为华文教育募款义讲，通过“中国人权协会”为泰北难民村聘请华文老师，捐款伊甸社会福利基金会等团体，帮助残障儿童及未婚妈妈，并支持美华防癌协会照顾罹患癌症的华人同胞。

成长就是学会关怀。

这本书里表达的也是这种关怀，我没有打算用它激励孩子争取第一，倒希望他们能放宽视野，打破隔阂、伸张正义、走向世界、创造双赢，做个快乐的读书人。

这本书是写给每位年轻朋友和师长的，它不在彰显我个人的生活，因为我很平凡，有许多缺陷，只是盼望通过我的一些生活经验，提供给大家一些思想的空间。

衷心盼望您能了解书中每篇文章背后的东西，让我们一起创造美好的二十一世纪。

刘墉的著作

文艺理论：

《中国绘画的符号》（《幼狮文艺》，1972）

《诗朗诵团体的建立与演出》（《联合报》，1981）

《花卉写生法 The Manner of Chinese Flower Painting（中英文版）》（水云斋，1983）

《山水写生法 The Thousand Mountains（中英文版）》（水云斋，1984）

《翎毛花卉写生书 The Manner of Chinese Bird and Flower painting（中英文版）》（水云斋，1985）

《唐诗句典（暨分析）》（水云斋，1986）

《白云堂画论书法 Inside The White Cloud studio（中英文版）》（水云斋，1987）（太平洋文化基金会奖助）

《林玉山画论书法 The Real Spirit of Nature（中英文版）》（水云斋，1988）（太平洋文化基金会奖助）

《中国绘画的省思（专栏系列）》（《中国时报》，1990）

《艺林瑰宝（专栏系列）》（《财富人生》杂志，1990）

《内在的真实与感动》（《联合报》，1991）

《中国文明的精神》（广电基金，1992）

《属于这个大时代的丽水精舍》（太平洋文化基金专刊，1995）

画册及录影：

《欧洲艺术巡礼》（中国电视公司播出，1977）

《芍药画谱》（水云斋，1980）

《The ReaI Tranquility（英文版录影带）》（纽约圣若望大学，1981）

《春之颂》（水云斋，1982）

《真正的宁静》（水云斋，1982）

《The Manner of Chinese Flower Painting （英文版录影带）》（纽约海外电视 25 台播出，1987）

《刘墉画集（中英文版）》（水云斋，1989）

《刘墉画卡》（水云斋　全套七十张，只供义卖，2001、2002、2003、2004、2005、2007）

《刘墉画集（中英文简体字版）》（北京盲文出版社，2006）

《刘墉的情与艺（中英文简体字版）》（甘肃人民美术出版社，2006）

有声书：

《从跌倒的地方站起来飞扬（刘墉、刘轩演讲专辑）》（德兰启智中心，只供义卖，1994；马来西亚华侨董事会联合总会，只供义卖，1997；水云斋，只供义赠盲胞，1997）

《这个叛逆的年代（刘墉演讲专辑）》（马来西亚华侨董事会联合总会，只供义卖，1995）

《在生命中追寻的爱（刘墉演讲专辑）》（伊甸社会福利基金会，只供义卖，1996）

《爱的变化与飞扬（刘墉演讲专辑）》《在灵魂居住的地方》（水云斋，只供义赠盲胞，1998）

《展现自己，神采飞扬》（马来西亚华侨董事会联合总会，

只供义卖，1996）

《从跌倒的地方站起来飞扬》（中国盲文出版社，只供义卖，2005）

译作：

《死后的世界（[美] 雷蒙德·穆迪　著）》（水云斋，1979）

《颤抖的大地（刘轩　著）》（水云斋，1992）

诗、散文、小说：

《萤窗小语（第一集）》（水云斋，1973）

《萤窗小语（第二集）》（水云斋，1974）（中山学术文化基金奖助）

《萤窗小语（第三集）》（水云斋，1975）（中山学术文化基金奖助）

《萤窗小语（第四集）》（水云斋，1976）

《萤窗随笔（诗画散文集）》（水云斋，1977）

《萤窗小语（第五集）》（水云斋，1978）

《萤窗小语（第六集）》（水云斋，1979）

《萤窗小语（第七集）》《真正的宁静（诗画散文小说集）》（水云斋，1982）

《小生大盖（幽默文集）》（皇冠，1984）

《点一盏心灯》《姜花》（水云斋，1986）

《超越自己》《四情》（水云斋，1989）

《创造自己》《纽约客谈》（水云斋，1990）

《肯定自己》《爱就注定了一生的漂泊》（水云斋，1991）

《人生的真相》《生死爱恨一念间》（水云斋，1992）

《冷眼看人生》《属于那个叛逆的年代》（改写刘轩原著）

《离合悲欢总是缘》（水云斋，1993）

《冲破人生的冰河》《做个飞翔的美梦》《把握我们有限的今生》

（水云斋，1994）

《我不是教你诈》《迎向开阔的人生》《在生命中追寻的爱》（水云斋，1995）

《生生世世未了缘》《抓住心灵的震颤》《我不是教你诈 2 》（水云斋，1996）

《寻找一个有苦难的天堂》《杀手正传》《在灵魂居住的地方》《创作双赢的沟通》（刘轩合著）（水云斋，1997）

《攀上心中的巅峰》《我不是教你诈 3 》《对错都是为了爱》（水云斋，1998）

《做个快乐读书人》《一生能有多少爱》《你不可不知的人性》《面对人生的美丽与哀愁》（水云斋，1999）

《抓住属于你的那颗小星星》《爱何必百分百》《把话说到心窝里》《你不可不知的人性 2 》（水云斋，2000）

《爱又何必矜持》《我不是教你诈 4 》《小姐小姐别生气》（水云斋，2001）

《因为年轻所以流浪》（超越，2001）

《把话说到心窝里 2》《不要累死你的爱》《创作超越的人生》（水云斋，2002）

《捕梦网 生命的启示》（超越，2002）

《那条时光流转的小巷（散文选集）》（九歌，2002）

《教你幽默到心田》《母亲的伤痕》《爱原来可以如此豁达》《靠自己去成功》《爱不厌诈》（水云斋，2003）

《人就这么一辈子》《该你出头了》（超越，2003）

《点滴在心的处事艺术》《爱，因为抓不住》（水云斋，2004）

《点燃快乐的炉火》《平凡一点多好》（超越，2004）

《花痴日记》《跨一步，就成功》《爱为什么总矛盾》（水云斋，2005）

《以诈止诈》《展现自己，神采飞扬》《偷偷说到心深处》（水云斋，2006）

《爱是一种美丽的疼痛》《超越自己（修订版）》《创造自己（修订版）》《肯定自己（修订版）》《我不是教你诈 5——医疗真实面》（时报，2007）

《故事背后的心灵》《爱是一生的惊艳》《我不是教你诈 1、2、3、4（修订版）》（《时报》，2008）

刘墉家书

